美丽家园

M e i L i J i a Y u a n

河源江东新区决胜小康与乡村振兴纪实

巫丽香　著

经济日报出版社

图书在版编目（CIP）数据

美丽家园：河源江东新区决胜小康与乡村振兴纪实 /
巫丽香著. —— 北京：经济日报出版社，2021.8
　ISBN 978-7-5196-0913-9

　Ⅰ.①美… Ⅱ.①巫… Ⅲ.①纪实文学–中国–当代
Ⅳ.①I25

中国版本图书馆 CIP 数据核字(2021)第 170408 号

美丽家园：河源江东新区决胜小康与乡村振兴纪实

作　　者	巫丽香
责任编辑	王　含
责任校对	蒋　佳
出版发行	经济日报出版社
地　　址	北京市西城区白纸坊东街 2 号（邮政编码:100054）
电　　话	010-63567684（总编室）
	010-63584556　63567691（财经编辑部）
	010-63567687（企业与企业家史编辑部）
	010-63567683（经济与管理学术编辑部）
	010-63538621　63567692（发行部）
网　　址	www.edpbook.com.cn
E – mail	edpbook@126.com
经　　销	全国新华书店
印　　刷	成都兴怡包装装潢有限公司
开　　本	710mm×1000mm　1/16
印　　张	12.00
字　　数	170 千字
版　　次	2021 年 12 月第一版
印　　次	2022 年 1 月第一次印刷
书　　号	ISBN 978-7-5196-0913-9
定　　价	68.00 元

《美丽家园——河源江东新区决胜小康与乡村振兴纪实》

编 委 会

顾　问：孙宇红　　朱永生

主　编：巫志宏

副主编：刘小业　李立明

编　委：钟　坚　陈　亮　陈远扬

　　　　曾　涛　李俊枫　黄李敏

　　　　黄　蕾

抒写奋斗征程上的昂扬篇章

河源江东新区地处东江中上游，是一座崭新的城市功能区，又是一个历史悠久、人文底蕴深厚的地方。2014 年，在广东振兴粤东西北战略的东风中，承载着河源市跨江发展重任的江东新区正式挂牌成立。新区辖临江、古竹两镇和城东街道，常住人口 18 万，总面积 434 平方公里。距离广州、深圳、香港的直线距离均在 160 公里左右，可同时接受 3 个国际大都市辐射带动，是粤港澳大湾区连接赣南等泛珠地区的重要门户。

穿城而过的东江，延宕出江东新区 52 公里长的水岸线。联结珠三角的东江水路，造就了新区自古就是商贸古埠的繁荣景象。在新时代发展大潮中，新区立足高视野，着眼新发展，以"拥江而发、南融湾区"全域协同发展理念，科学谋划实施"三点三带四组团"战略发展布局，扎实做好城市、功能、产业和江岸"四篇文章"，"河源实施都市经济带动战略的主战场、未来城市发展的核心"的优势日渐凸显。

党的十八大以来，以习近平同志为核心的党中央把脱贫攻坚纳入"五位一体"总体布局和"四个全面"战略布局，组织实施了人类历史上规模空前、力度最大、惠及人口最多的脱贫攻坚战。河源江东新区认真学习贯彻习近平总书记关于扶贫工作的重要论述，按照中央和省、市有关决策部署，以乡村振兴战略为统揽，决战决胜脱贫攻坚。

新区有临江镇、古竹镇、城东街道办事处（两镇一街）共 30 个行政村，从 2016 年起，来自深圳和河源当地的扶贫"铁军"尽锐出战，其中挂点帮扶干部 329 名，驻村帮扶干部 63 名。他们奋斗在新区 260 平方公里的农村大地上，尤其是第一书记和驻村干部，在落实扶贫政策、加强基层组织建设、为民办事服务等方面发挥了重要作用，打通了精准扶贫的"最后一公里"。新区结合自身实际，坚持党建引领，通过实施政策扶贫、消费扶贫、就业扶贫、教育扶贫、电商扶贫等措施，千方百计提高贫困人口收入和农村经济发展水平。尤为值得一提的是产业扶贫。新区将贫困户上级补助资金和村（居）筹资投资新区产业园标准厂房建设，贫困户由此获得资产收益分红，从而有效提高了贫困人口及村集体的收入。结合乡村振兴战略，新区还积极探索城郊型农村发展之路，编制了《江东新区"一村一品、一镇一业"总体实施方案》，建设范围涉及 21 个行政村，扶贫产业项目实现 30 个行政村全覆盖。其中，在江东葡萄、古竹荔枝等品牌农产业基础上，重点培育了以金丝皇菊、药用玫瑰为主打的中药材种植产业，打造集中药材种植、加工销售、旅游观光于一体的综合产业链条。

2019 年，江东新区建档立卡贫困人口 622 户 1504 人全部达到省定脱贫标准，并完成退出程序。2020 年，新区有劳力贫困户人均可支配收入由 2016 年 5680 元增加到 18952 元；4 个省定贫困村村集体平均收入由 2016 年 1.75 万元增加到 56.4 万元。通过多年的奋斗，新区贫困村成功实现从贫困落后到全面小康的历史跨越。

摆脱贫困，实现全面小康，不是从天上掉下来的，而是一砖一瓦、一步一个脚印干出来的。深圳扶贫干部带来深圳速度与深圳理念，干部群众在干事创业中历练出驾驭市场经济的能力、行政管理的能力……脱贫攻坚的胜利，不仅带动了新区整个农村的发展，也为新区实现乡村全面振兴打下了坚实基础。通过开发式扶贫，提高了人民群众自我创造的能力，增强了基层党组织的凝聚力和战斗力，锤炼了一大批干实事、解难题的党员干部队伍。这其中，也涌现了一个个感人至深、催人泪下的扶贫故事。新区扶贫干部以探索与创造、牺牲与奉献，和全国数百万扶贫干部一起，共同构筑了"上下同心、尽锐出战、精准务实、开拓创新、攻坚克难、不负人民"的伟大脱贫攻坚精神。

2018 年国家实施乡村振兴战略后，江东新区坚持以习近平新时代中国特色社会主义思想为指导，坚持实施乡村振兴战略的总体要求，真抓实干做好"三农"工作，全面推进乡村振兴。

强化党建引领。在新区 34 个村（社区）中，有 30 个村（社区）党组织书记和村（社区）主任实现"一肩挑"。基层党组织"党建+为村""头雁"工程成效初显，2020 年选拔培养 77 名村（社区）党组织书记后备干部。

抓好农村人居环境整治。全区农村实现无害化户厕普及率 100%、生活垃圾无害化处理 100%，基本完成了雨污分流。深入开展"三清三拆三整治"行动和农村"四小园"工作，推动 4 个省定贫困村创建社会主义新农村示范村建设和雅色、水东、蓼坑三村示范建设。聘请国内专业团队对新区特色村落进行调研规划，形成了"甜甜水东，香香槎岭，淳淳新围，暖暖四维"及"桂林前进年丰研学基地""五彩孔埠，六合留洞，七彩雅色"的设计方案。目前，新区正着手打造越王山乡村振兴示范带，线路总长 27 公里，覆盖 2 镇 10 个行政村 57 个自然村。

大力发展富民兴村产业。全面优化农业产业布局，发展城郊型农村产业，形成了中药材种植、果蔬、养殖三大农业基地和三大农业模式(以雅色村为代表的"村集体与社会资本共同撬动模式"，以双坑村为代表的"电商特色产业模式",以桂林村为代表的"三产融合发展模式"),基本实现"一村一品"格局。

围绕乡村振兴"农业强、农村美、农民富"的建设目标,新区聚力"五大振兴",将扶贫与扶智相结合、造血与输血相结合、改善人居环境与生态文明建设相结合、造城与育产相结合、德治法治自治相结合,积极推动主导产业特色化、公共服务均等化、乡村治理现代化、本地农民市民化,打造河源乡村振兴标杆典范。

2021年8月,由深圳、河源两地选派的新一轮驻镇帮镇扶村队,接替驻村扶贫工作队,继续用青春学识奉献农村,助力江东新区乡村振兴。农业农村现代化,是实现中华民族伟大复兴中国梦的基石。举世瞩目的脱贫攻坚和火热的乡村振兴一线,是无数党员干部以人民为中心的奋斗现场。这一路走过的艰辛与不易、付出的心血与汗水、收获的成就与辉煌,值得大书特写,以为借鉴,以为经验;也是新区人民不忘来路、继续奋斗的动力源泉。《美丽家园》一书旨在通过记录江东新区波澜壮阔的脱贫攻坚战和乡村振兴进程,来展现党员干部牢记初心使命,矢志不渝奋斗的风采和农村建设图景,激励新区人民在乡村振兴工作中继续艰苦奋斗,砥砺向前。

2021年,是巩固拓展脱贫攻坚成果同乡村振兴有效衔接之年,也是全面建设社会主义现代化国家的开局之年。踏上新征程,奋斗正当时。我们将以更大的决心、更明确的目标、更有力的举措,在农村组织、人才、产业、生态和文化等方面持续发力,努力建设农业高质高效、乡村宜居宜业、农民富裕富足的美丽新农村。

是为序。

河源江东新区乡村振兴办

2021年9月

第一章　决胜小康

第二章　乡村振兴

第三章　美丽家园

第一章

❖

决 胜 小 康

扶贫"铁军"尽锐出战，为江东新区决胜小康砥砺奋斗，抒写共产党员关于初心与使命的完美答卷。

桂林一枝芳馥郁

进　村

2019 年 5 月 21 日，一个普通的日子。粤赣高速路上，叶正鹏和中国银行深圳市分行纪委书记蒙震坐在一辆公务车上。车窗外，远山的浓绿如墨色翻滚。前往目的地的路途，蒙震早已熟稔于心。从中行派出第一支队伍入村帮扶开始，他就经常到帮扶村——河源江东新区桂林村走访调研。但叶正鹏是个新手，桂林村还只是他脑子里的陌生概念。不过，这个有着 21 平方公里土地的村庄，即将成为他生活和战斗的地方。对前途的未知并未表现在叶正鹏的脸上，他保持着一个从业 23 年的银行经理人的基本素养。蒙震的脸上，同样风平浪静。

"明年就是脱贫攻坚的收官之年了，时间过得真快啊！送第一任队长进村时，仿佛就在昨天。"叶正鹏听得出来，蒙震看似轻松地和他拉家常，其实是为接下来的正题开路。果然，他沉厚的声音很快又在耳边响起："如果说第一任扶贫队长是拓荒牛，第二任是中途的长跑者，那么你就是负责冲刺、收官的夺冠手，要有打一场硬仗的心理准备。"

作为驻村第一书记兼第三任扶贫工作队队长，在入村之前，叶正鹏参加了广东省委组织部和单位举办的相关培训，深知脱贫攻坚责任重大。他的第一次出征，便是在蒙震不动声色的"关怀"下，完成了从城市到乡村的跨越。此时，他还不知道，未来他在深刻地改变着桂林村的同时，桂林村也在深刻地改变着他。不过现在，他还是那个踌躇满志的白领，研究生读的是天津大学管理科学与工程专业，一路见证了深圳城市的改革与发展，喜欢以霹雳的手段和高效的产出，追求十里长歌的人生。

桂林村村道

东江和它最大的支流新丰江在河源市区东面汇合，两江冲积出的开阔江原，是河源城市萌芽生长的温暖襁褓。建于宋代的"东江第一塔"

龟峰塔就矗立在江岸，和对面的梧桐山构筑了河源最著名的城市地标。过去，从河源城顺东江水路到桂林村，约为 30 分钟的水程，而两地的直线距离，则不超过 30 公里。但就是这短短的 30 公里，曾一度是道巨大的壕沟。在江对面的河源市国家级高新区创造每秒 3 部手机落地的奇迹时，桂林村仍走着缓慢的步伐。近 4000 人的村子，村民大多以务农和打工为生，村集体经济收入寥寥无几，发展困局犹如停止的钟摆，将村庄遗留在城市发展的夹缝中。2014 年，借广东振兴粤东西北的东风，河源实施跨江发展战略，把东江东岸纳入新成立的城市功能区——江东新区，原属河源市紫金县的临江、古竹两镇被划入，这也包括了属于临江镇管辖的桂林村。江东新区的成立，埋下了桂林村城市化的基因。不过，它最先迎来命运的改变，却是在国家打响精准扶贫战役后。

也是在 2014 年，江少明辞去一家深圳房地产公司的高管职务，回到桂林村，用"被乡亲夹道欢迎"来形容江少明回村并不为过。新一届的村"两委"班子，除了副书记和妇幼专干是上一届班子成员外，其余都是新鲜血液。江少明高票当选为村支书，他和一帮"70后"主力被全村人寄予厚望。当时，桂林村留给这套全新班子的是两项"荣誉"：村级软弱涣散党组织、省定贫困村。后无追兵的程度，是由时任广东省委常委、组织部部长李玉妹亲自挂点督办。江少明记得，新班子刚开始的工作没有多少章法，打的头一仗是按照江东新区的部署进行农村人居环境综合整治。他们出动了大量的挖掘机和人员，"把村头村尾、房前屋后堆积了几百年的垃圾都清理了一遍"。江少明开着自己的越野车，到各个村小组指挥协调。带车，也带上钱，后来就成了江少明工作的"标配"。总结多年的村干部生涯，江少明算不清自己偷偷垫了多少钱，但有一点却记得很清楚，他还清了乡亲们对他高看一眼的人情。

当叶正鹏来到桂林村时，江少明已经是一位老支书。在村干部和前两批扶贫工作队的共同奋战下，桂林村的面貌已焕然一新。车辆平缓地驶过水泥铺设的村道，叶正鹏感觉心中省定贫困村的影子渐渐远去，眼前看到的村庄，正在新老蜕变中交织着爬坡艰难与热火朝天的双重场景。

在村党群服务中心举行的交接会议很简单，一帮镇村干部正襟危坐，叶正鹏的同事——上一任驻村队长卢亦洪也在其中。交接的时间延续到会后一个月，在那一个月的时间里，卢亦洪成了叶正鹏熟悉扶贫工作的带路人。桂林村党总支部纪检委员邓志勇坐在台下，和大多数村民一样，面对陌生人喜欢习惯性地沉默。台上的叶正鹏目光炯然，一种气势从他棱角分明的五官中流溢出来。他的发言更像是表态："由于之前从未从事过'三农'和基层党建工作，我得首先承认我这个第一书记还是个'半桶水'书记，所以一定会以'空杯'的心态，虚心向在座的各位兄弟姐妹学习……"邓志勇没怎么记叶正鹏的讲话，在私下嘀咕三任队长一个比一个年轻时，还有个问题在心里萦绕。后来他终于琢磨出了答案，叶正鹏眉眼流露出的说不清道不明的气势，其实是基于开阔视野下的出色历练，用叶正鹏本人的话来说，叫"职业病"。很快，追求效率的深圳理念和桂林村"土法"之间，就有了针尖对麦芒的交锋。邓志勇的总结，正是在无数次交锋之后。

首次应战

自 2016 年派出第一批队伍入村帮扶算起，中国银行深圳市分行已经在桂林村奋战了 4 个年头。当初建档立卡的 63 户 198 名相对贫困人口，经过"因户施策""一户一策"的精准帮扶，逐渐告别了落后的生活面貌。到叶正鹏进村时，有劳动力贫困家庭年人平均可支配收入已从 2016 年的不足 6000 元提高到了 12000 多元。对贫困户的年度帮扶计划，前任队长卢亦洪已在年初进行了谋划，叶正鹏可以暂且按下，眼前他要面对的是两个更为迫切的问题：一是必须在短时间内和贫困户打成一片，将停留在纸上的数据变成可以掌握的具象动态，只有了解扶贫对象的短板是什么，才知道自己要做什么。二是村集体产业的发展。产业项目不仅要引进来，还要保持落地后的安全性和可持续性。基于"不能给桂林村留下烂摊子和鸡肋"的考虑，很多产业项目在前两任队长的苛刻挑剔下，都停留在了考察阶段。他们将一部分扶贫开发资金投资了江东新区的产业园项目，算是稳健理财，旱涝保收。当时，桂林村唯一的集体产业是一家卖土特产的商场，但这个商场是虚拟的——一个在微信端开发的电商平台，叫"桂林村扶贫商城"。商城由桂林村环桌农民种养专业合作社负责运营，主要负责人正是邓志勇。为了了解商城，叶正鹏和邓志勇有了第一次的深入交谈。

"商城一个月的销售额有多少？"

"不算中行工会福利的集中采购的话，平常不到 10000 元，起起落落，有些月份还是能破万的。"提到万字时，邓志勇兴奋了些，提高了语气。

"去年总共是多少？今年截止到 5 月份是多少？"

"去年加上中行集采是 62 万，今年到上个月……也就十来万。"

"你觉得这是很好的营业状态吗？"叶正鹏本想说一个商城月入上万是值得兴奋的事情吗？但最后还是换了种口气。

"算是这样吧。"邓志勇把话说得毫无悬念。他身材清瘦，皮肤黝黑，衣服披在身上被风一吹会有宽绰而模糊的幅度，和那对精明的双眼皮眼睛完全不搭。

有没有想过销售额不温不火的原因是什么？怎么改进？叶正鹏继续发问的热情被邓志勇一脸腼腆的笑压了下去。后来，叶正鹏发现，他和其他村干部的对话几乎都是这种模式，他们朴实和善，开展工作不会太深究前因后果。而叶正鹏所接受的教育却告诉他，每做一件事情都需要考虑目标任务、规划计划、思路方法、进度管理等方方面面。叶正鹏认定的理念，当然不会被村干部看作是一种管理学问，于是彼此之间都相互怪异地打量。

叶正鹏："前两天商量好的事情搞定了吗？"

村干部："书记放心，没问题的。"

过几天再跟进，得到的回复是："还有几天时间呢。"

再催促，仍是淡定的回复："等到结束的那天会做好的。"

这样的对话多了，叶正鹏唯有苦笑。

进村 20 天后，龙舟水袭击了整个河源。在大雨瓢泼的反常天气笼罩村子上空时，扶贫工作队和村"两委"干部通宵达旦地忙活，共同挨过了艰难的抗洪历程。抗洪胜利并没有令叶正鹏感到欢欣，抗洪期间在组织安排、职责分工、前后预判等方面的凌乱，再次让他感到村"两委"在工作方法上的漏隙，如同对着邓志勇那个腼腆的微笑，一时之间，除了沉默，叶正鹏找不到更好的应对。

仲夏天气，阳光是一种斑花的白，这种白扑照到人身上，便是燠热的炙烤。自 2018 年国家实施乡村振兴战略后，脱贫攻坚工作开始多了项融合，结合乡村振兴"产业兴旺、生态宜居、乡风文明、治理有效、生活富裕"的战略目标，进行更高要求的发展建设。江少明顶着花白的太阳，和一帮工程队员再次去往村庄污水处理工程的"灾难"现场：一段长约 500 米的拐弯路段。深埋地下的污水管网，接通了各家各户的化粪池，将污染物引输至污水池集中处理，使村庄的污水有了环保的归处。拐弯路段犹如断点，切掉了按照规划行进的长长管线。39 户村民在道路上轮流围堵，使工程拖了几十天仍毫无进展。和现场村民的对话仍是老调重弹，双方僵持不下，一脸失望的江少明从熙攘的人群中抽身，回到办公室喝水时，正好撞见了叶正鹏。经过一段时间的走访调研和测算论证，叶正鹏将发展村集体产业锁定在了温氏养鸡项目上。按他的测算，土地资源占用少、自动化程度高的温氏养鸡项目是可以为桂林村带来良好经济效益的。他将自己的想法对江少明说了，想听听他的意见。

"我没意见，最好明天就把它拿下。等村里有了钱，哪用得着我和那帮人死耗！"江少明昂头把茶杯里的水往嘴里倒，一副猛烈的狠劲，让叶正鹏感觉自己快要呛出咳嗽来。

桂林村于 2018 年初启动乡村振兴工作，其中一项内容是人居环境综合整治。经过一年多的努力，桂林村建起了 7 个文体活动广场，完成了部分村道硬底化、垃圾处理、房屋外立面改造等工程。雨污分流管网铺设是在 2019 年年初启动的，这项利在千秋的公共设施工程却像个伤疤，时刻提醒和剜割着江少明的尴尬。当初在对村庄危旧建筑进行"三清三拆"时，也包括了位于拐弯段的一座危旧老围屋。清拆后，江少明又将屋前的拐弯路段进行了扩宽。毕竟道路都是自己走的，在江少明的软磨硬缠中，老围屋 39 户屋主也默认了功德一桩，算是支持村庄建设。不过，污水管网铺设却撬动了众人的意难平，以美化村庄环境为目的的清拆没有补偿，他们觉得江少明的"欠账"必须在这次污水管网铺设中归还。无论江少明怎么解释，村民就是咬紧一句话："要么给钱，要么滚蛋。"

为了产业项目的审批落地，扶贫工作队去找江东新区各个职能部门，从农林、发改、财政等部门绕一圈回来，得到的意见是项目内容没有瑕疵，但就是不能批。为什么不能批？因为桂林村在东江水源保护的禁限养区内，当然，扶贫产业项目可以特事特办。那特事特办也得有个批文吧？特事特办就不用批文了！没有批文项目落不了地啊？落不了地就来审批呀……争论就像打了个死结，原地绕圈。

桂林村开阔的边坡地就在那放着，不应该一刀切地归类禁限养区。况且生物降解的温氏养鸡技术方案，基本是零排放的，项目应该是可以落地的。最后，叶正鹏直接找到江东新区主要领导，抛出了疑问。

"对于规模养殖产业，江东新区首先是不太赞同的。如果发展仍然聚焦在农业规模养殖上，不仅会付出一些环保成本，也难以融入新区城市化的发展规划。我建议你们再好好考虑下。"领导把话说得优雅而得体，叶正鹏碰了颗软钉子，悻悻地回到桂林村。

夜幕快要降临时，"考虑"了许久的叶正鹏打电话给邻镇的驻村干部史建伟："老队长，有空吗？今晚请您吃饭。"

史建伟也是深圳扶贫干部，来自深圳市龙华区投资管理公司，2017年派驻到河源市紫金县柏埔镇利民村任扶贫工作队队长。在大多数贫困村历经两年一茬的队长轮换时，史建伟却主动申请留任。2021年，为河源农村建设奉献了5年青春时光的史建伟荣获深圳市"五一"劳动奖章。叶正鹏无法将思考的死胡同和村干部说，便跑到村口去等史建伟。落日的余晖将远处的东江铺染了一层绚丽的霞彩，刚入村时，叶正鹏还曾为眼里看到的风景惊喜不已。在许多个下班的日子，他和队员便是与眼前的东江平行，去其他村学习考察，一个个问题与思考渐渐爬上脸额，后来，无论是云天晚霞还是漫天星斗，便都看不见了。

宿舍只有一个电饭锅，没法开伙。接到史建伟后，叶正鹏舍弃了平常吃饭的镇政府饭堂，选择了镇上的一个小饭馆。

"其实我最想吃的是家里的饭菜，哪怕就一碟白菜豆腐也好。"史建伟说。入村后，吃两年甚至更长时间的饭堂，是驻村干部必须面对的一个生活关。

"别在这个时候给我来煽情的桥段。"叶正鹏把话说完，却不由自主地笑了。

饭后，两人沿着江岸一边散步一边聊天。江风也是闷热的，两人都汗流浃背。从始至终，史建伟并没有给叶正鹏具体的答案，但彼此一番热烈的讨论却给予了叶正鹏豁然开朗的天空。史建伟说：我们做事情，需要考虑当地的土壤。

城市化，就是江东新区的土壤，时间前后长短，需要人去适应，而不是土壤。工作队重新调转了方向，帮扶工作的核心不是具体的细节，而是更高处的谋划。要把桂林村的发展和江东新区乃至河源市的整体发展结合起来，形成合力。在东风到来之前，工作队决心先将桂林村扶贫商城做出一番动静来，这是一个现成的、非现场的能带动村集体收入的绝佳平台。

扶贫商城的"过山车"

平日里，在扶贫工作队走村串户时，作为村委的脱贫攻坚牵头干部，邓志勇总会事无巨细地帮忙。一起工作的间隙，叶正鹏发现，沉默腼腆的外表下，邓志勇其实是个有想法、能吃苦的年轻人，这让叶正鹏产生了一个大胆想法，从邓志勇身上"下手"，推动商城上台阶，从而锻炼提升整个村干部队伍的干事创业能力。

在 2018 年 8 月桂林村扶贫商城正式上线前，邓志勇的身份是桂林村"致富带头人"。面对全新的销售平台，谁来负责运营成了桂林村"两委"头痛的问题。按照计划，商城平台在销售和分红两方面带贫益贫，优先收购贫困户的农产品，并且要将一定比例的销售额作为贫困户分红。运营风险是最大的未知，在一片犹疑声中，邓志勇自告奋勇："你们没意见的话，还是交给我来打理吧。"又承诺说："商城一年卖上百万的量没问题。"敢当面夸下海口，邓志勇的考量是，中国银行深圳市分行投资建设了商城平台，扶上马送一程是题中之义，而且还有银行几千号员工作为消费扶贫的后盾呢。不过，在接下来的运营中，邓志勇很快就感受到了丰满理想和骨感现实之间的距离，以至于很长一段时间，他的承诺都成了村民调侃的话题，他们一见面就会问他：你的商城过百万了没有？

熬，是邓志勇人生经历的精髓。对于商城月均散客销售额只有万元的状况，邓志勇拿出的法宝仍是这个精髓。在中国银行深圳市分行第一批扶贫工作队入村后的 2017 年，经过严格的考察筛选，工作队将"致富带头人"的担子交给了邓志勇。那时，邓志勇刚刚回到村委工作。在桂林村一座叫热水坑的山头，他种台湾甜笋，养蜜蜂和土鸡。春冬两季，荔枝树和鸭脚木花枝茂密，他就在花香里收割蜂蜜，山尖，会有白云悠游地飘过。"两年投 30 万元的'致富金'到养鸡场，你赚出 10 万的收益分红给贫困户，示范散养土鸡的家庭经营模式。"就在白云飘绕的热水坑，时任扶贫工作队队长唐旭对邓志勇说出了"致富带头人"的内容。

"这不是'借高利贷'吗？"邓志勇反应强烈。

"那你还需要再考虑吗？"唐旭一脸胜券在握的笑。

邓志勇接下了这单"高利贷"。多年办养鸡场的经验告诉他，扩大规模经营并不是坏事，更重要的是，"带头人"是一项荣誉。你不是党员吗？这句话最好不要由唐队长说出来，他明白其中的要求和分量。

2017 年年底，邓志勇拎着"规模壮观"的现金进了村委大楼，百元大钞在桌子上堆积成塔。198 名贫困户每人都分到了 1000 多元的现金，现场一片欢声笑语。第二年，相同的画面再次上演，在朗朗笑声中，所有村民都感受到了欢愉，平常只有在电视上才能看到的镜头，真实地发生在了自己的村庄。两年时间里，在扶贫工作队的支持下，"致富带头人"项目不仅使贫困户获得分红收益，还使他们掌握了养殖经验，通过养鸡实现增收。

对于商城不温不火的原因，邓志勇向扶贫工作队说出了自己掌握的情况：商城总体形象欠佳，商品展示效果较差。另外，商城的后盾虽说有银行几千号员工，但他们大多是年轻人，根本不做饭，当然也不会去买商城的农产品。但是，有些话他不敢说。经常河源深圳两头跑销路，忙忙碌碌却收效甚微，妻子也颇有微词，常说的一句话是"你自己折腾，别来烦我"。但无论是妻子的脾气还是商城，邓志勇都始终相信自己扛得住。在办热水坑农场之前，他做的是钢材生意，在 2008 年的金融危机中，曾一夜损失过几十万元，那时他才 20 出头。也就是从那时起，他知道了人生的一切困难都可以熬过去。熬，是一种坚持，也是一种高于常人的抗压能力。

按照工程进度，雨污分流处理工程必须在 8 月底收尾。工程"卡壳"惊动了上级领导，区、镇两级督办人员在工程现场站成了与污水管网平行的另一道直线，江少明和叶正鹏就在直线的拦截中，听严厉的批评劈头盖脸地下来。一个半小时后，两人才解脱出来，领导留下的话如毒辣的太阳一样使他们脸庞发烫："如果为群众谋利益却得不到群众的支持，就是你们工作有问题！"

江少明再次硬着头皮找 39 户村民沟通，终于得到了他们的一致同意。达成问题解决的办法是象征性地给予房屋清拆补偿，第二个办法是"拆东墙补西墙"，对房屋宅基地产权给予保留，等合适的时机再进行一对一的置换。事后，江少明翻了翻记录本，发现为了此事，村委共召开过 2 次专项会议、3 次乡贤座谈、无数次现场会和上门交谈。把握了集体利益与个人利益之间的平衡点，胶着的矛盾才能迎刃而解。但平衡点不是天上掉下来的，而是靠人在工作中一点点地磨出来的。得出这个结论后，江少明又总结了一下自己的工作，那就是委屈和苦累都是必须的。

　　在探访贫困户的过程中，扶贫工作队发现有些贫困户的实际信息和入册信息有出入。毕竟家家户户的生产生活是动态变化的，这个出入按照正常工作程序来说，是合理的。如同用放大镜去看事物内部的缝隙，不是事物不完整，而是放大镜的问题。其中一户贫困户因车祸导致脑损伤而失去劳动能力，户籍显示，贫困户和女儿住在一起，但现实情况是女儿常年在外，对家里也没有经济支持。工作队认为，应该把贫困户列入低保户，通过政策性的兜底保障，使他后半辈子有个稳定的归依。当把心中的想法说出来，叶正鹏看到身边的同事仍是招牌性的微笑。整个村庄的工作任务繁重而纷杂，他们觉得这就像"大舅二舅都是舅"一样，不是问题。而对于叶正鹏的想法，他们同样也觉得，不是问题。

　　"虽然您的最近几个年度收入会因为没有了分红而降低，但您下半辈子的生活却有了低保政策的保障……"在上门知会贫困户时，叶正鹏急切地说出一番话后，才想起贫困户根本就不能说话。他睁着迷茫的眼睛看着叶正鹏，空洞的目光否定和无视眼前的一切。最后，叶正鹏辗转找到了贫困户的哥哥，告诉他工作队的决定。代表弟弟的哥哥，流露出一脸随顺的态度。从态度中叶正鹏解读出了一种信息，其实大家都没有过多的要求，是做放大镜的自己在主动地折腾。

河源的季节轮换，和广东其他地区一样，处于温温吞吞的状态。除了冷和热是直接的感受，没人能清楚地描述春夏秋冬的景别划分。入冬后，桂林村扶贫商城启动了升级改版。

桂林村种花生、甘蔗的历史可以上溯数百年，在手工制糖业被渐次淘汰后，桂林村的甘蔗种植也随之衰落，但是种花生的传统却保存了下来。优质的沙坝地，一年四季东江河雾的弥漫覆盖，使这里出产的花生皮薄坚脆，榨出的花生油香味馥郁。一直以来，桂林村的花生种植面积稳定在1000亩以上，年产量超过80万斤。为此，桂林村扶贫商城选取了土榨花生油、散养土鸡、土鸡蛋这三样原生态地标性物产作为主打产品，并为它们取了个响亮的名字：桂林村三宝。推介"桂林村三宝"的广告主打产品的天生丽质，而中国银行深圳市分行的LOGO，则成为"桂林村三宝"品牌的加持金光，原色包装盒上的一缕勾提，提醒着人们一个组织和一座村庄的联结：有深圳河源心连心的情谊，更有高精深理念下的质量把控。

提升商城形象和产品质量的基础工作，仅是万里长征的第一步，如何把"三宝"卖出去才是王道。为此，扶贫工作队向行党委进行了专题汇报，"娘家"的支持是"倾尽所有"的方式，除了将"桂林村三宝"的广告单张在150多家营业网点进行免费投放外，还继续实行消费扶贫，不过，办法不再局限于工会、饭堂集购和员工消费，而是把"桂林村三宝"纳入服务回馈和品牌推广活动的产品库。

2020年春节前，桂林村扶贫商城储存了3万斤花生油、9000只走地鸡和一批土鸡蛋的货量，准备开足马力，借新开的渠道大干一场，扳回颓势。不过，一场新冠肺炎疫情却不期而至，全民抗疫行动持续到4月底。直到5月，在全国取得抗疫成功的形势下，人们才迎来错过的春天。受疫情影响，想大干一场的桂林村扶贫商城全面歇业。每隔四五天，邓志勇就要拉满满的一车谷料进热水坑，满山都是喂足 180 天的成鸡。谷料加上人工成本，养殖场每天要亏进去 2000 多元钱，充足的货源成了邓志勇甩不掉的包袱。除了自己养殖场的，3000 只"扶贫鸡"也是难题一桩。还好，超长的春节假期，大多贫困户的鸡都被村民自我消化掉了，只有一户贫困户，还囤着 700 只阉鸡销售无门。

从 2019 年腊月二十九回到深圳，到 2020 年 2 月 10 日返回桂林村，叶正鹏度过了自驻村以来最长的一次"假期"。在合力抗疫的同时，扶贫工作队和村"两委"也千方百计为"扶贫鸡"找销路。封闭式管理导致外销渠道不畅，不是办法的办法，是发动村干部和本村亲友认购。邓志勇把认购的 50 只阉鸡载回家，妻子半是惊讶半是数落："放着自家满山的鸡不吃，却吃别人家的！"说归说，还是默默地帮忙卸了货。

2020 年 3 月初，国内快递业刚刚复苏，叶正鹏的电话便打到了上一任驻村队长卢亦洪那里。扶贫期满后，卢亦洪升任中国银行深圳市分行坪山管辖支行高级经理。虽然已不在桂林村工作了，但他还是经常把"我的桂林村"挂在嘴边。疫情阴霾笼罩，中国银行深圳市分行作出举全行之力帮助桂林村消除疫情影响的决定，其中一条措施是为桂林村扶贫商城开通绿色通道，第一时间消化积压货品。这意味着年前初步敲定的团购计划，由不确定的洽谈转为当下大展拳脚的机会。桂林村扶贫商城做团购的经验也就是每年一次的工会福利采购，面对接下来爆发式的订单，叶正鹏需要卢亦洪做"小白鼠"，提供实验平台。在卢亦洪的帮助下，桂林村扶贫商城的第一笔非工会集采大单——近 300 件"桂林村三宝"套装，逆着一路的料峭春寒抵达深圳，经由卢亦洪所在管辖支行开展的回馈活动，点对点送达高端客户手上。那一次试单，使桂林村扶贫商城掌握了线上线下对接、物流配送、订单核算等第一手实操经验，为接下来的团购奠定了基础。而后经由不断的改进，最终磨砺出了一套"神"操作。2020 年端午节，桂林村扶贫商城卖出了 140 万元的货品，因疫情积压的货物被横扫一空。除了日常指导的扶贫工作队，商城运营团队的主力仍是邓志勇。面对数以百计的团购订单和堆积如山的货品，邓志勇常常一脸茫然，他和同事只能以通宵达旦的加班，来弥补工作的低效率。实在撑不住时，便抿上一口小酒打一会儿盹。经由端午节一战，桂林村扶贫商城慢慢掌握了一套行之有效的运营办法，它涉及细节把关、进度跟踪等方方面面。也就在那时，邓志勇忽然明白了叶正鹏所说的"职业病"，其实是一种很珍贵的工作能力。2020 年中秋节，桂林村扶贫商城的售卖数据为 87 万元。此时，借由销售额积累的商城分红基金已接近 32 万元。

深圳理念与桂林"土法"的碰撞

时间重回 2019 年的冬天。历经三任扶贫工作队的深耕，当年，桂林村 59 户 185 名贫困人口人均可支配收入 16866 元，村集体收入 26.7 万元。而在整个河源市，38568 户 107372 名贫困人口人均可支配收入 16030 元，实现"两不愁三保障"，并达到"八有"标准，100% 脱贫。255 个省定贫困村也达到出列标准。

2019 年度扶贫工作考核，是每个省定贫困村必须全力以赴的重要考关，它聚焦贫困户脱贫和贫困村"摘帽"两项内容。16 项贫困户脱贫考核指标、10 项贫困村出列考核指标的材料归结，体量巨大。偏偏叶正鹏要求的标准，不是普通那么简单。哪怕是交上来一张复印纸，也要内容端正，格式统一。而更让大家难以接受的是，叶正鹏还自我创造了一套精细化的动作。例如针对贫困户安全住房保障一项，入册的材料除了要有照片佐证，还要附上区、镇两级的房屋鉴定、复核数据。当时负责收集材料的是 6 个包片村干部，在一次次提交的材料都遭到退档后，许多人便生出了不解。而叶正鹏觉得，材料依据必须高标准，"不是我们主观地认为脱贫任务完成就完成了，而是要用事实漂亮地说话。"

提报脱贫申请书，是贫困户脱贫考核的一项内容。虽然包片干部对"摘帽不摘责任、摘帽不摘帮扶、摘帽不摘政策、摘帽不摘监管"的"四不摘"政策进行反复讲解，但仍遭到一些贫困户的抵触，他们担心写了申请书后，数年来的坚实依靠就会冰消瓦解。一番拉扯之下，双方都攒了一肚子气。攒了一肚子气的包片干部回到村委，又是叶正鹏一番风急云骤的施压。如此三番，便有人说了气话："能应付过去就行了，干嘛要求那么高！"

适当放缓节奏，再厚脸皮地按照要求催赶工作，是叶正鹏对待大家泄气时的法宝。其实，每一次爬坡上坎，他心里的吊桶并不比其他人少。他摆正心态的办法是开车出村，行进路线往往是江东新区东环路一带，那里有一家潮汕砂锅粥店，处于临江镇桂林村和胜利村的中间节点。自从认识驻胜利村的深圳扶贫干部古津铭后，潮汕砂锅粥店便成了叶正鹏和古津铭沟通交流的地点，无论谁约谁，都要驱车 5 公里，算是公平公正。

点了一锅粥后，古津铭洞若观火地笑了。他们是两个截然不同的类型。财会出身的古津铭是理性型，常为自己的工作客观地悲喜，而理想型的叶正鹏却心有猛虎，装着一个摇曳多姿的桂林村未来。两人常为农村发展的路线图和最终归结点争得不可开交，在一番忧国忧民之后，又回到了问题的原点：眼前具体而琐碎的工作。它由贫困户一天卖多少只鸡、一个月务工收入多少构成，没法壮怀激烈气吞山河。这样喝粥讨论的好处是，彼此发现彼此工作的千秋和差异，这个共通点会平息心中的郁结。当你为村里 60 户贫困户发愁时，却发现还有服务 100 户贫困户的扶贫队长；当你为产业项目选择发愁时，却发现更遥远偏僻的贫困村根本就引不进产业……比对出来的"幸福"，增加了队长们面对困难的勇气。这样的私下交流，后来在深圳对口帮扶河源市紫金县指挥部的牵头下，变成了一个固定的组织。8 个相邻的贫困村驻村干部，被纳入一个临时党支部。有了身边的组织后，叶正鹏和其他帮扶干部有了更广泛的学习交流。临时党支部刚成立时，一群风华正茂的年轻人，还兴致勃勃去河源市体育馆打了几场篮球，后来工作一忙，便彻底荒废了唯一的娱乐。叶正鹏听说，每一任驻村工作队都美美地想过，等有时间了就去河源各地走走，却往往等到帮扶工作结束都没法启程，工作所在的村庄，便成为眼里最美的河源风景。有了这个故事作铺垫，叶正鹏对自己重蹈覆辙，已没多少遗憾。

古津铭的笑，包含着对叶正鹏发表高谈阔论的期待。谁知，叶正鹏轻轻叹了口气，说出了难得抒情的句子："有没有发现，其实有时候……我们会很孤独。"

"曲高和寡嘛。"古津铭高山流水地回应。

"以前我也这样想。"叶正鹏狡黠地转折，肯定后又否定，"所处的环境和教育背景不同，不过是生命模式不同而已，没有高低之分。"

"看来有些人的孤独，是诗人的孤独。"

叶正鹏会心大笑，他需要把某种负能量转化为诗意的情绪，并在不经意间流露和淡化。孤独两个字是他诗意的情绪，他唯一可以诉说的对象，是难兄难弟。干着相同的工作，历经相同的千山万水，谁也不会笑话谁。

沐着星光回到桂林村，叶正鹏接到小儿子的电话，电话那头奶声奶气的声音永远只问一个问题：爸爸周末回不回家。而在没踏上回家的路之前，叶正鹏的回答永远是模棱两可。孩子在秋季时幼升小，老师经常会来电反映他不太爱交流的问题，言下之意是父亲角色缺席，叶正鹏只好嘻嘻哈哈："老师，您这不是在加重我的内疚感吗？"嘻哈过后，他又感受到了孤独。

叶正鹏的爱人出生于深圳，作为沐浴改革开放春风成长的一代人，她能理解丈夫驻村是一项不平凡的工作。而现实生活却是一人带两个孩子，还要照顾年迈的两对父母。每当有急事，妻子紧急的电话打来，叶正鹏首先要解决的是安抚她的情绪，然后再遥控指挥处理问题。在能回家的周末，他抢着干家务、陪孩子，尽可能让妻子休息。而无论他怎样弥补，其实谁都明白，从驻村那刻起，他已没法做家里的顶梁柱。

迎检工作紧张继续。在堆满材料的办公室，扶贫工作队队员和党建指导员把握着关口，沉心静气，一丝不苟。标准化造册，总结起来，就是提纲挈领、分门别类、内容精准。为了达到某项标准，必须不停地修改补充、推倒重来，再修改补充、推倒重来。无数次循环是一条漫长的战线，绞杀着每个人的时间、体能、脑力。连轴运转，两头拉扯，终于有人撂了摊子："别烦我，我不干了。"

你加班我也加班，你累我也累。你起码还在家门口，我可是山长水远来到这里的，说不干的应该是我才对。叶正鹏把想说的话又吞进了肚子。理智告诉他，以个人得失来谈工作，工作是绝对做不成的。他摆正了立场，却没法压住心头的火气："精准扶贫精准脱贫，这么多年都干过来，就这么几天扛不住吗？在最吃劲的时候，这话能说吗？"等把话骂出来，叶正鹏发现自己拍了桌子，声音震耳。这是极为自律和克制的他，第一次对着同一战壕里的战友发火。

鸦雀无声。

叶正鹏懒得灭火，继续以高分贝表明态度："你们觉得我提了许多不必要的细节要求，多干了很多未必用得上的活，但这是应该的。因为我希望，我们做每一件事情，在能力范围内都能把它做到最好。在这过程当中，会遇到很多困难，也会非常辛苦。但是苦累压不垮人，只有畏难和不上进，才会把人拖死！"

无论被动与否，叶正鹏终于将一帮战友带上了自己的节奏。经过紧张的奋战，桂林村顺利通过年度大考。整整齐齐的材料档册，暗含认真细致的工作态度与方法，它代表着桂林村的精气神，令人过目难忘。这过目难忘，是一个村集体战斗力的敲门砖，当机遇降临时，它将拥有更幸运的机会。

在接下来的工作中，桂林村"两委"班子展现出了强大的组织能力和战斗力。2020 年春节抗疫期间，桂林村高效地完成了封闭管理、全天候值守、基本民生运转等工作。最新的例子，是在开展农村地下饮用水源水质检测工作中，下辖 13 个村民小组的桂林村，半天就收集上了 13 份水质样品。

全员上阵

2020 年 6 月 1 日，桂林村两所小学的孩子照例收到了扶贫工作队赠送的节日大礼包。和往年不同的是，没有从深圳过来的叔叔阿姨和他们一起过节。基于疫情防控考虑，学校取消了六一节活动。不过，孩子们仍旧能在任何一个日常感受到来自深圳的浓浓关爱。

自驻村帮扶以来，教育帮扶成为中国银行深圳市分行上下一致的共识。改善学校硬件设施，聚焦孩子的身心成长，定期组织团干到桂林村义务支教，开设舞蹈、绘画等素质教育课程，以弥补村小学师资薄弱的欠缺。实施关爱工程，每天为孩子配发一支营养牛奶，对孩子手足、眼睛等方面的健康进行跟踪呵护。在"送进来"的同时，也积极"走出去"。利用假期组织孩子到深圳游学，为纯真的眼睛打开更宽广的窗户，为年幼的心田播撒立志好学、努力奋斗的种子。

2019 年 8 月，时任中国银行深圳市分行行长姚华明来到桂林村。在调研各项帮扶工作时，特地去了桂林村小学。多年来的帮扶资金投入去向表明，教育帮扶已远超财务预算的"合理"比例，身边随行人员向姚华明善意地提醒了这一点。姚华明的回答意味深长：教育扶贫，再怎么投入也不为过。他相信，下一代很好地教育成长，是可以隔断贫困基因代际传播的，在扶贫工作队撤出后，他们，才是桂林村永不落幕的战斗队伍。

在姚华明入村调研后不久，叶正鹏拿着一张名单向他报告。名单上列着当年考上大学的学生名字，11 个人，创造了桂林村近年来高考成绩的新高。按照行里的安排，普通农户考上大学的孩子每人可获得 3000 元助学奖励，而贫困户孩子的助学奖励金额则为 4000 元。

"不好意思，让您破费了！"叶正鹏难掩心中的喜悦，"调皮"地说。

"再接再厉。对于奖学的钱，我们还想破费多一点。"姚华明同样激动，笑着签下了自己的名字。

扶贫工作队一直在跟踪贫困户子女上学的情况，学段分布、成绩好坏在队员心里都有一张影像。无比熟悉的数据还有很多，比如贫困户病人要吃哪些药一天吃几粒，什么时候房屋装修，什么时候售卖出栏的鸡鸭等。叶正鹏信心满满，未来桂林村的高考数据一定会更好。

为举全行之力打赢脱贫攻坚战，对桂林村的整体帮扶规划和年度计划，中国银行深圳市分行都是以最高规格的会议——党委会进行讨论安排。在叶正鹏入村时，单位提出的要求是：完成脱贫任务指标仅仅是基本分，必须满分拿下。在此之外，还要有加分项，谋划村子更长远的发展。

作为大后方，对奋战前线的"尖刀部队"的支持是全员参与。银行领导层一对一挂钩贫困户，并探索出由单纯的访贫问暖变为强强联合的阻击战。银行内各个党支部结对帮扶贫困户所在的各个片区，使对户和对村的帮扶齐驱并驾。在"后方部队"进村前，扶贫工作队有的放矢地与支部负责人进行沟通，查摆困难。而各个支部则利用自身优势，联合社会力量，以组合拳的方式破解。分行办公室党支部在进村帮扶时，深圳市有棵树科技有限公司也积极参与其中。正是那一次机缘，被誉为跨境电商领域"黄埔军校"的有棵树科技，为扶贫工作队许下惊喜的承诺：提供免费技术服务，支持桂林村扶贫商城换代升级。多年来，中国银行深圳市分行各个党支部积极参与桂林村各项发展建设，仅发动社会力量捐资、捐物、捐建以及服务和技术支持就达到了上百万元。

紧锣密鼓，心无旁骛。那是因为，背靠强大。

东江浩荡党恩长

凌晨 4 点半，是谢玉莲的起床时间。简易的鸡舍就搭在屋后的一小溜平地上，她需要爬过长长的斜坡才能到达。将鸡抓进笼子，再将沉重的鸡笼从斜坡上挪下来，无数次动作的重复，才能集满一车的货。漆黑的夜幕如雨布厚重，纷乱嘈杂不过是星光一点，除了谢玉莲自己，天亮后没人知道她每天凌晨经历了什么。两个孩子在外读书，单身母亲谢玉莲一人守着一座房子，养鸡、挣钱，把两个孩子拉扯大，是她远大而具体的目标。

迎着黑夜，谢玉莲还要将三轮车开往邻近的圩镇或是河源市区。买卖的地点离家都在 10 公里范围内，她按照赶集日期轮流赶场。天光云晓之际，一个大汗淋漓的人和一车鲜活的鸡便会出现在人们的视线里。

12 年前，谢玉莲的丈夫患病去世。失去主心骨的家庭，靠谢玉莲一人在家附近打零工支撑。因为文化程度低，拿到的工资少，谢玉莲只能将一分钱掰作两半花。她最害怕的事情不是干体力活的辛苦，而是孩子伸手向她要学习费用时，手头一无所有的无助与亏欠。2016 年，谢玉莲被识别为贫困户。自此，谢玉莲不再孤身一身支撑家庭，扶贫工作队各种帮扶行动犹如温暖的光，点亮了她孤立无援的人生。

每天四处赶场卖鸡，谢玉莲需要穿过一座座寂静无人的山坳，当车轮辗过黑暗的山峰剪影，她要按死车笛制造连串的响声，才能压住心头的害怕。这个心理难关，谢玉莲从来没有对外人说过，她并不知道，扶贫工作队已经考虑到了她的难处。2020 年夏天，经过积极的争取，工作队要到了临江圩镇市场两个"扶贫摊位"，并将其中一个分配给了谢玉莲。

当工作队把决定告诉谢玉莲时，谢玉莲却拒绝了。2019 年秋天，在工作队支持下，谢玉莲结束了逾 10 年的打零工生涯，走上了养鸡的创业之路。此时，通过 4 年的精准帮扶，她家里的贫困状况已经改观，教育、医疗等政策保障和扶贫产业分红收入，使她不再有后顾之忧。谢玉莲对眼前生活生出的珍重，是更加努力和勤奋。她一个人悄声无息地买回 4000 只鸡苗，没有场所，便把它们圈养在楼顶上。除了白天精心照料，连晚上也守着鸡圈。由于不懂技术，鸡苗只吃不长，在天气转冷后，又因扎堆取暖而互相踩踏致死。叶正鹏了解情况后，请邓志勇帮助解决技术问题，并和其他村民沟通，借来毗邻谢玉莲屋后的一块坡地，帮她搭建了一个简易鸡舍。做完这一切，他和工作队员仍旧不放心，

4000只鸡不是小数目，再出岔子，就会白忙活一场。最后，在工作队的帮助下，谢玉莲边养边卖了一部分鸡苗，半年辛苦下来，第一批次的养殖，总算扳回了本。

谢玉莲觉得，多年来工作队已经为她的生活奔忙了很多，她怕自己接下免费摊位后，不善经营，愧对工作队的一片好心。经过一番说服工作，谢玉莲最终接受了扶贫摊位，早上卖鸡，下午卖水果。在不是赶集日的时间，她仍旧天不亮就去其他圩镇赶场，虽然心中还会害怕，但走向未来美好生活的信心，会比她的害怕更强大。

而贫困户邓阿婆的生活陷入灰暗，则是从丈夫患上尿毒症开始的。为帮丈夫治病，家里花去的积蓄和举债共上百万元。到2016年丈夫去世时，家中只剩一座两层的框架屋壳。儿子、儿媳辞去工作照顾父亲整整两年，父亲走后，夫妻俩也面临着巨额债务和失业的双重压力。

邓阿婆被识别为贫困户后，扶贫工作队打出了组合拳，通过各类政策保障、解决就业、长期跟踪服务等措施，帮助她和家人走出家庭变故的阴影。儿子、儿媳找到工作后，利用稳定的工资收入和贫困户扶贫产业分红资金，对房屋进行了装修。2019年国庆节，儿媳还实现了一个愿望，带着两个孩子去深圳看了大海。这是孩子第一次看海，也是自家庭变故以来她第一次满足孩子的要求。孩子银铃般的笑声，使一个母亲露出了久违的笑容。

房屋装修好后，邓阿婆又开始着手建造新厨房。虽然还没完工，却一次次地逮着叶正鹏和队员，邀请他们来参加家里新灶"发火"仪式。那个时刻，邓阿婆笑声爽朗，而叶正鹏和队员同样拥有美丽的心情。一户户贫困户，有着不一样的家庭境况，但历经的人生艰难与塌陷都是一样的。当手中的贫困数据变成眼前一桩桩鲜活的喜怒哀乐，一方面，令叶正鹏感受到了肩上的重任，而另一方面，当沧桑过后的幸福重又爬上一张张脸庞，他从最直观的主人公角度，重新感知了扶贫事业的伟大含义。

对于服务的所有贫困户，叶正鹏的脑中有三张图表，家庭住址、家庭状况、脱贫效果，所有数据都了然于心，无论提起哪一户，他都能弹腾出一张清晰的影像来。2020 年初，一名贫困户因肝硬化并发肝腹水，正值新冠肺炎疫情肆虐，就医比往常多了严格的防疫关卡。叶正鹏和村干部经过层层奔忙与沟通，将贫困户从镇医院转至河源市中医院，为抢救赢得了宝贵时间。户主与弟弟相依为命，两人因家庭贫困和身体疾病未婚，所有的就诊程序，叶正鹏均以家属的名义帮忙沟通安排。贫困户住院一个星期，他和村干部跑了两次医院。事无巨细地张罗，让工作队的工作看上去更像是忙自家的事务。即便如此，贫困户一个求助电话打来，工作队能做的，仍旧是代表着党和政府关爱的援手。

2020 年 1 月，万象更新之际，时任河源市委书记丁红都来到桂林村，在看望慰问邓阿婆一家时，邓阿婆握着丁红都的手，眼眶泛红，嘴里反复说着一句："感谢党，感谢政府。"

一句肺腑之言，概括了所有扶贫干部工作的艰辛，也抚慰了所有扶贫干部工作的艰辛。

许一个未来如花灿烂

2021 年，包括桂林村贫困人口在内，全国近 1 亿贫困人口步入全面小康，中华民族的第一个百年梦想，在党的领导和数百万扶贫干部的托举下，胜利圆梦。

因为成绩突出，桂林村被江东新区定为乡村振兴标兵示范村，主要内容是通过实施一批与"三产融合"有关的项目，为桂林村构筑更高的发展平台。发展实体产业的念头，在心间摁下一年半后，叶正鹏终于迎来了浩荡的东风——深圳科技园集团落户江东新区，核心区域包括了桂林村全域。城市化的梦想，就在眼前。在打赢脱贫攻坚战之后，桂林村该如何抓住机遇，走好未来的路，成了桂林村"两委"班子新的落子点。

桂林村加强党员学习教育的定期学习会

及时和上级沟通，结合发展大局来规划和定位桂林村，是叶正鹏在扶贫工作锻炼中汲取的心得。彼此双赢的结果，需要心勤、眼勤和腿勤。为了了解项目进展动态，叶正鹏再次运用这个法宝。江东新区的领导全认得这个风风火火的扶贫干部，背包如锦囊，可以随时掏出他需要的笔记本电脑、充电宝和各种资料。当他打开锦囊坐定，一场有准备的交谈就开场了。无数次的跑动和接洽，叶正鹏要到了他想要的结果：桂林村可以无缝共享科技园项目进展的最新动态。

叶正鹏的岳父是20世纪60年代的知青，从佛山市来到深圳小渔村参加农村建设。在后来的知青返城大潮中，他的岳父选择了留守，在把青春和学识奉献给小渔村建设的同时，也见证了一个落后渔村成为改革开放前沿都市的巨变，以及它历经的每一次阵痛与新生。岳父是老一代的"扶贫队长"，自己是新时代的扶贫队长，两代扶贫队长一旧一新的履迹，让叶正鹏在面对桂林村城市化的命题时，有了更深刻的思考。他希望走一条创新之路，在城市发展规划里头，寻求多方的结合点和多赢的格局。探索集体企业运营模式，通过村集体的股份合作制改造，来突破人才绩效机制的禁锢，锻造干部队伍的经营创新能力，从而实现村庄有持续生命力的发展。

叶正鹏将大段的思考浓缩成了一句话："桂林村的土地不能够一卖了之，返还生产生活用地不能一分了之，我们也可以参与建设开发！"这句话，在不同场合，桂林村的村干部都听到过。以乡村振兴20字方针为前提，借鉴珠三角沿海农村城市化的经验，走一条共同富裕的道路，最终成为桂林村"两委"班子的共识。

未来的蓝图描摹好后，再找古津铭讨论那个争论不休的问题，叶正鹏给出了自己的答案："城乡二元结构的巨大差距，终将会变成城乡二元结构的个性化差异，没有上下之分，只是实现美好生活的方式不同而已。无论在城市还是农村，人民的幸福感都是一样的。"

砂锅店门前的东环路，仍旧车如流水，跃动的灯火一路迤逦。更遥远处，是在灯光下闪耀的东江。此刻，对于这条养育了客家人的母亲河，对于这个曾经无比陌生的城市，叶正鹏感受到了熟悉的气息。

2021年8月，在桂林村奋斗两年多时光后，由深圳、河源两地选派的新一轮驻镇帮镇扶村工作队，接替了扶贫工作队的事业，继续胼手胝足砥砺前行，助力江东新区乡村振兴。

勇往直前"凤飞"路

接驳古竹镇三十三米大街的，是一条蜿蜒的乡道，在乡道上驾车15 分钟，可以抵达双坑村。丘陵山地连绵起伏，田野阡陌犹如根系伸展，隐没于矮灌丛中。星罗棋布，毫无章法，第一次走进双坑村，面对布局松散的山区村落，谢建龙一时间竟找不到合适的词去形容。作为深圳广电集团做纪录片的能手，其实他有着深厚的文字功底。

那是 2017 年的夏天，谢建龙跟随单位举行的党建活动第一次走进双坑村。在贫困户张伟健的家里，身患脊椎炎行走不便的他，面对一群陌生人的造访，始终保持着固定的坐姿。因病致穷，家徒四壁，爱人于数年前不辞而别，留下张伟健与 9 岁的儿子相依为命，人生的风刀霜剑都刻在了他苍老的脸上。在跟随大部队向张伟健告别后，谢建龙又折了回去，他掏出带在身上的所有钱塞进张伟健的手里："你要坚强，我还会来看你的！"

一年多后的 2019 年 4 月，谢建龙没有食言，再次来到张伟健的家里。近两年时间，并没有清空张伟健对一个年轻人豪情万丈又悲天悯人的印象，他激动地握住谢建龙的手：我认得你，你姓谢！

从 2016 年起，深圳广电集团挂钩帮扶双坑村。在扶贫工作队进行任职轮换时，谢建龙主动请缨，要求驻村扶贫，成为驻村第一书记兼新一任扶贫工作队队长。"我是河源人，有责任用自己的学识去帮助家乡！"谢建龙这样给出驻村的理由。与贫困户张伟健的一面之缘，无疑是他作出人生重要决定的导火索。

莫问出处

正式接任后，谢建龙进入双坑村的"行头"有点与众不同。在携带随身衣物之外，还背了一部相机、一部摄像机。正在中国大地上进行的脱贫攻坚战役波澜壮阔，扶贫一线无疑是个电视题材的大金矿，他理所当然地以为，工作之余，可以跟踪拍摄出一部跨度漫长、跌宕起伏的纪录片。后面的驻村工作的确跌宕起伏，不过，谢建龙却没能拍出一个镜头来。他开来的奔驰汽车，也成了双坑村的稀罕物。没等他开口，身边的"行头"已经替他介绍了一个文艺青年特立独行的形象。贫困户张桂强就在村党群服务中心门口，第一次见到了谢建龙。他心里咯噔了一下，尔后悻悻地回了家。家里养了 300 只"双坑土鸡"，那是他有生以来耕耘的最大事业。一个患自闭症的女儿、长期捉襟见肘的生活，曾令张桂强有种被摁在水底的感觉。高中毕业的教育程度，使他具备敏锐的观察能力，但这一度成了他的劣势，高不成低不就的人生被他附加了自我放弃的个人因素而走向更深层的境况：潦倒。在村里，张桂强几乎不和人说话，见人就低头绕路走。精准扶贫政策实施后，张桂强被识别为贫困户。帮扶单位替他家落实了各项保障政策，制定了生产发展的路子。张桂强的目光越过一个个的帮扶行动，聚焦在了一帮扶贫干部的身上。他们驻守村庄，和村民一起度过四季寒暑，持之以恒地帮助村庄改变落后的面貌。张桂强的人生改变就是从那时开始的,漫长观察得来的结论,点燃了他生活的希望:这次扶贫行动是动了真格的,他有了党和政府这座"靠山"。

新一任扶贫队长谢建龙的到来,却拨乱了张桂强心中的风向标。他不知道,一个看上去养尊处优的人,会不会跟贫困群众打成一片,做自己的依靠,抑或只是来农村镀一层金而已。

谢建龙并不清楚张桂强的心思,刚到村庄,要面临熟悉村情和开展工作等种种履新压力,他还来不及注意底下的"暗流涌动"。前任队长曹伟强为他留下了一份优秀的扶贫答卷:正在蓬勃发展的"双坑土鸡"产业和无花果种植园,为双坑村贫困户增收和村集体收入的壮大奠定了基础。从2016年到2018年,贫困户年平均收入从不到4000元提高到了1.9万元,而村集体经济收入则从2万元提高到了9.5万元。谢建龙把扶贫工作的牛鼻子仍定在抓产业发展上。借船出海,乘风破浪,收获一片海阔天高。奏响这一路凯歌的基础,依然是国家精准扶贫政策的"时"与"利"。他准备利用扶贫资金的撬动牵引,继续壮大双坑村集体经济。

不过,谢建龙新官上任燃起的第一把火,几乎遭到了所有村干部的反对。村支书张汉东40出头,2011年前,是一名从深圳返乡自主创业的青年,当他把双坑村俯拾皆是的瓜果菜蔬打造成卖到深圳的抢手货时,慧眼识珠的乡亲将他推举到了村干部的位置。2017年当选双坑村支部书记时,张汉东已连任了两届村民委员会副主任,正是在为村庄服务的工作生涯中,他递交了入党申请书,从政治思想浅白的青年成为一名信仰坚定的共产党员。当时的双坑村,在帮扶单位和村"两委"的数年奋斗之下,实现了村道硬底化,并建设了党群服务中心大楼、村文体广场等一批公共基础设施。不过,仍面临农田灌溉水利年久失修、村庄饮水安全工程未达标等诸多问题。张汉东理解谢建龙的工作方向，是在为村子谋划更长远的利益，但在眼下，如果搁置村民日常生活枝节去描绘更大的蓝图，他能想象得到，会带来怎样一个群情激昂的情形。近10年的农村工作实践，使张汉东历经众多过山车般的事件与心路。在这过程当中，他学会了妥协与平衡。村庄取得的每一个成绩的背后，依靠的都是全体村民，而攻坚克难的重点，有时也恰恰是村民。

东江对岸的"鹅山"犹如翩跹的飞鹅，优美的鹅颈跨江而来伸入一口大水塘，双坑村鹅塘小组的得名，正是由这个地理形胜而来。相传在600年前，张氏一支划一叶竹筏，从韶关珠玑巷顺北江而下，辗转到了双坑村。张氏祖祠仍保留着600年前的客家围龙屋三进院落的制式，除了纪念落居祖开疆的功德，鹅塘小组还同时奉祀一座洪圣公庙。在张氏族谱的记载中，洪圣公是挽救张氏先祖翻舟厄运并指点他们在东江边落居的贵人。在每年农历八月十二的洪圣公诞辰，村民都会举行隆重的庙会，不忘来路、知恩图报的精神也在恭慎与热闹之中代代相传。

鹅塘小组水塘周边的开阔地带，挤夹着排排的砖瓦房，在村民搬到洋楼居住后，年久失修的建筑渐渐崩塌，碎砾残垣和疯长的野草，犹如一帧破败的画面贴在了村庄的门面上。从2018年起，脱贫攻坚工作开始结合国家乡村振兴战略，推进更高标准的建设。乡村振兴工作的首要环节是农村人居环境整治。双坑村在"三清三拆"行动中遇到的最大"碉堡"，便是鹅塘小组。张汉东"清拆老旧砖瓦房，建设文体广场"的决定，遭到了众多村民的反对。闭门不见，算是他们委婉的表示。有些村民，在深夜醉酒过后，甚至直接拎着酒瓶到了张汉东的家，一边叫骂一边砸东西，上演全武行。放着好好的生意不干，偏偏要去做村官，本来家人对张汉东的选择就有看法，村民的上门打骂加重了家人的不解，妻子把话说得直截了当："不求你用那点工资来养家，你却还让我们跟着你一起受罪!"村民气愤的焦点,是"贡献老屋做公共场所可以,但要一视同仁"。张汉东心明如镜,这个"不患寡而患不均"的问题症结,其实是个伪命题。村庄发展的全局利益,必然会牺牲部分人的小我利益。除了最大限度给予"损害"补偿和争取思想共识外,别无他法。在三番五次吃闭门羹后,张汉东采取的办法是事先不打招呼,携同与屋主关系要好的亲友直接上门。无人理睬,就坐冷板凳,厚脸皮磨蹭。彼此的沟通就这么在数个月甚至一年半载的时间铺垫中,由表及里地进行。历经一年多的艰苦努力,鹅塘小组的老砖房终于完成了清拆。在清拆地上建设的文体广场平整开阔,映衬着古色古香的张氏祖祠,带来焕然一新的观感。曾经抱反对态度的村民有了触动,他们对张汉东由衷地说:"以后村庄搞建设,一定大力支持!"需要吞咽委屈,包容异见,埋头坚持,才能换来圆满的结果。历经冰火两重天,张汉东对自己肩负的工作也有了更深刻的感悟。

一直在都市,没见识过农村工作的"尺度",张汉东担心新来乍到的谢建龙步子迈得太大会"踩坑",但彼此还没来得及深入交流,一场自然灾害已不期而至。紫金县义容河穿双坑村而过,并在村庄的西面汇入东江。2019年6月上旬,河源全境的连续暴雨导致整个山区大地一片泽国。东江上游的枫树坝水库开闸泄洪,江水倒灌义容河,双坑村低洼处的100多名村民面临洪水威胁,而无花果种植园则被洪水淹没。惊心动魄的抗洪抢险过后,在满目疮痍的村庄上进行的灾后复产,也包括了对无花果园的补救止损。200亩的无花果园,在耕地集约租金和劳动就业方面带动贫困户增收外,正利用毗邻越王山风景区的优势,建设集生产、研学、旅游于一体的田园综合体。在谢建龙的眼中,这是一只"潜力股"。正值无花果果苗首次挂果,在花胎里孕育的枣核般的果实,被洪水打得七零八落,同样颓败的还有谢建龙心中的梦想。历经一番思想挣扎后，在一个上午，谢建龙驱车返回深圳并直接按了单位电梯的24楼，楼层通向的是时任深圳广电集团总裁岳川江的办公室。他向岳川江汇报了双坑村救灾复产的情况。在谢建龙关于无花果园的措词中，岳川江听出了潜台词。在此之前，集团已经初步同意扶贫工作队的产业帮扶计划，谢建龙反复提到的补救措施和产业前景，不过是希望集团坚定信心，让计划照常。岳川江不动声色地看着眼前的年轻人，他摆出每一条理由似乎都令人无懈可击，而谢建龙接下来一段话则彻底打消了他的犹疑，"本来按照程序，我得先向集团扶贫办汇报后，再呈达给您。但是我没时间了，我只有两年的驻村时间，每一件事情都很急，多做一天就会有多一天的改变。当然，作为驻村第一书记，其实我也有责任当面向党组书记汇报，请求指导。"

岳川江的首肯，集团的大力支持，成了扶贫工作队追逐产业梦想的坚强后盾。当年年底，扶贫工作队以两个100万元的金额入股双坑村无花果园和"双坑土鸡"产业。另外以一个70万元、一个50万元的金额投资河源市新兴的茶产业和肉鸽养殖产业。4个产业的分红收益从2021年1月算起，仅此一项，就使双坑村村集体收入每年增加32.5万元，而在收益期满10年后，本金也将一次性返还给村庄。

工作队打法之凌厉、速度之快，超出了张汉东和其他村干部的预期。在认可谢建龙的工作方式之时，他们发现，想象中的"群情激昂"并没有出现。再往后，伴随乡村振兴工作推进的脚步，在河源市、江东新区两级的大力投入下，改善村庄基础设施成了题中之义，已轮不着村干部在资金问题上发愁了。

2019年秋收即将结束时，张桂强最偏远的一块稻田仍然没有收割，金黄的谷穗颗粒饱满，风吹过，如海浪在沃野田畴上翻飞。稻谷开镰前，张桂强特地去了一趟双坑村党群服务中心。之前扶贫工作队上门造访时，谢建龙曾向张桂强允诺有事都可以找他帮忙。在一楼办事大厅，张桂强一眼就看到了在人群中忙碌的谢建龙，他远远地向他喊了声："书记，我家收稻谷了，记得来帮忙！"

张桂强把话喊完，没等谢建龙答话，就骑上摩托车溜了。令他没想到的是，谢建龙还真的跟了上来。骑摩托车通过一段田间土垅，再走路穿过一段山路，七拐八弯之后，谢建龙和党建指导员邱晓来到了张桂强的稻田地。萧瑟秋日，阳光仍旧猛烈，谢建龙挥舞着镰刀，顺着少年时期干农活的记忆收割着眼前的金黄。收割机难以进入地势不平的稻田，割下来的稻谷，需要人工脱粒。从日出到日落，在汗流浃背中，谢建龙和邱晓两个人用肩膀背出了200斤的稻谷，收割完稻谷的同时，也收割了张桂强信任的目光。

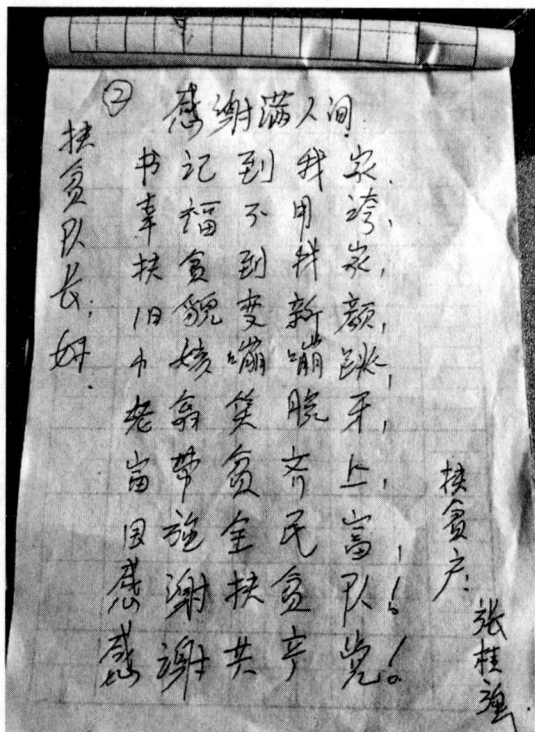

张桂强赋"诗"谢党恩

张桂强给谢建龙留的作业题不仅仅是这一道，他还曾在一个雨夜向谢建龙反映家里的天台漏水，谢建龙连夜在网上淘买补漏工具，第二天就熟门熟路地将他家的天台补好了。一番接触之后，张桂强的心笃定了下来，他相信："村干部帮我干活，而不是我帮村干部干活，有这样的好作风，自己不愁没有好日子过！"

"双坑土鸡"的凤羽路

10 多年前，双坑村村民练荣发靠养鸡、卖饲料起步，成为今天古竹镇尽人皆知的"饲料王"。凭借多年的养殖、经营经验，2015 年，练荣发成立了一个叫阿凡提的农民种养合作社（下称合作社）。阿凡提是童话中的聪明人物，练荣发希望合作社也能凭借众人的智慧闯出一片天地来。而现实是，合作社成立后一直处于涣散的状态，没有统一规范"双坑土鸡"的养殖，村民仍旧各自为政，而顶着合作社带头人帽子的练荣发，则依旧在古竹大街上卖着自己的饲料。

双坑村有 100 多年的养鸡传统。丘陵山地高低起伏、果木扶疏，村民就将鸡散养在林下，大自然的开阔和奔跑的自由，造就了"双坑土鸡"皮薄肉紧、口感鲜美的特点。"双坑土鸡"的原种为广东四大名鸡之一的胡须鸡，这种鸡的颌下有发达的羽翎并形似胡须，通体色泽金黄，是表里俱佳的珍贵家禽。养鸡，是双坑村村民主要收入来源之一。传统的养殖方法、抗风险能力低的个体，限制了"双坑土鸡"产业的发展，规模一直在有限的数值内徘徊，声名之路走得温温吞吞、听天由命。

帮扶单位驻村帮扶后，很快发现了"双坑土鸡"隐藏的金矿。不仅把"双坑土鸡"作为双坑村的主打产业，还对"双坑土鸡"的种苗进行优化，选用广东省农科院的孵育品种，并在每年分两个批次赠送给贫困户，支持他们扩大规模养殖，增加收入。就在"双坑土鸡"产业刚刚起步的时候，2017年6月，一群养殖户却浩浩荡荡来到村党群服务中心。2017年是鸡市行情最为低迷的一年，双坑村上百户村民养殖的近5万只成鸡积压成山，卖不出去。村民递上了一封求助信，请求扶贫干部帮忙售卖鸡只，现场一片喧哗。

当时，驻双坑村的扶贫工作队队长是来自深圳广电集团的曹伟强，而第一书记则是来自广东通讯终端产品质量监督检验中心的赖光宇，他们和村支书张汉东接过求助信，一时间，却想不出该怎么来处理这个烫手的山芋。

打开市场没有捷径。扶贫工作队和双坑村委不得不将养殖户走过的路再走一遍——多管齐下找销路。在上下奔忙之时，曹伟强也把"双坑土鸡""卖"到了集团党建活动的微信群。就在几天前，集团30多个同事刚刚在双坑村的扶贫一线度过了意义深刻的一天。曹伟强并不知道，在他将求助信息按下"发送"的那刻，等待他的竟是一场轩然大波。

本身都是媒体人，经同事朋友圈的枝牵叶蔓，曹伟强卖鸡的信息最终被转到了中央电视台一位媒体人的手上。历史悠久的"双坑土鸡"滞销，还够不上夺眼球的新闻价值，重点是它是寄托着老乡脱贫奔康的扶贫鸡！央视媒体人以敏锐的触角，决定做新闻拉"双坑土鸡"一把。2017年7月4日晚上8点30分，中央电视台二套《经济信息联播》播出了《广东河源：10万只土鸡滞销 村民寻求销路》的新闻，屏幕上还附了联系电话。

新闻刚播完，张汉东的手机便开始了一整晚的鸣叫，全国各地的南腔北调，问询重点集中在"双坑土鸡"怎么卖的问题上。最远的电话来自太平洋彼岸的张汉东表哥，他在华文卫视上看到了新闻，在电话里，他半是认真半是调侃："老弟，你把双坑土鸡都卖到美国来了，但是路途太远，我买不了。"

央视新闻播出之后，其他各大媒体紧随其后，一番新闻"轰炸"之后，"双坑土鸡"从闾巷草野走到了全国人民的面前。"双坑土鸡"一夜成名，带给张汉东、曹伟强、赖光宇的却不是惊喜。毕竟因滞销而起，有个别领导认为这是"丑名"。"'贫困鸡'销售不出去，还有脸上央视"的责问，使三人面临着巨大的心理压力。

村党群服务中心门前，每天都挤满从全国各地过来的陌生人，他们身份不一，却有着极其精明的手眼，在亲自考察了生长环境之后，便开始一车车地往外运送"双坑土鸡"。在新闻上露脸的贫困户张健平，最先卖掉了家中的数百只鸡。7月19日，双坑村滞销的10万只鸡被抢购一空，此时，距离"新闻事件"发生正好半个月。

张汉东等人在惴惴不安中度过了半个月的忙碌。其间，河源市负责扶贫工作的领导特地来到双坑村调研，了解"双坑土鸡"的情况，对"新闻事件"的提及，未带任何责备的意味。

滞销鸡变成畅销鸡，当月，准备"金盆洗手"的村民又开始大胆地购进鸡苗。一道风高浪急的关口闯过去了，在起与落的竞择中，天平指向了起的那一头，"双坑土鸡"新的起点开始了。唯有化零为整，组合成拳头打出去，"双坑土鸡"才能在变幻莫测的市场中稳住脚跟，保持长久的生命力。在合作社成立之时，练荣发就注册了"双坑土鸡"的商标。现在，这个商标的含金量，需要全村力量去维系。双坑村委和扶贫工作队采取的一个重要措施，是制定出"双坑土鸡"五年发展规划，明确了"双坑土鸡"在组织管理、质量把控、销售网络等环节上的目标要求。在双坑村委和扶贫工作队的支持下，合作社和新成立的双坑村养鸡协会，承担起了联合村民闯出一条"血路"来的光荣使命。

合作社面临的首要问题，是对"双坑土鸡"进行整体质量把控。当时，全村上百户养殖户基本处于散兵游勇的状态，购进的种苗不一，喂养的方式也五花八门。吸纳养殖户进合作社，实现养殖技术的统一化、标准化，是解决问题的重中之重。任凭练荣发说破嘴，首期加入合作社的养殖户屈指可数，而其中贫困户的数量更是只有区区 3 户。

母鸡 180 天喂养期，阉鸡 240 天喂养期，一年约出栏两批。在这个约定俗成的"双坑土鸡"喂养周期里，合作社与散户之间，有了第一回合的较量。打疫苗、保温、食料配比……合作社精细严苛的喂养动作，被散户视为多此一举，他们觉得养鸡方法代代相传，古今一样，根本不待见合作社的"科学"。

对鸡群进行防疫，可以预防病菌传染和禽类瘟疫流行；而保温孵育，则可以为鸡苗提供良好的生长环境，避免因风寒导致呼吸道、肠道等疾病的发生。在合作社的管理下，按照科学养殖方法喂养的"双坑土鸡"，在破壳 40 天后，呈现出了完全不一样的状态。不仅死亡率低、成色好，而且重量普遍比散户养殖的要重。摆在眼前的事实，扭转了散户"鸡仔哪有全活"的传统观念。而合作社负责兜底销售，使合作农户没有后顾之忧的做法，也让不少散户动了心。走在前面，让事实说话，一年之后，不用练荣发再费嘴皮子功夫，加入合作社的养殖户就突破了 40 户。

2017 年底，是合作社首批标准化养殖的 5000 只"双坑土鸡"的出栏时间，加上贫困户养殖的数量，总数超过了 6000 只。这个数字并不大，但要在农历春节前的有限时间里销售出去，仍是一道关卡。经历"新闻事件"后，张汉东和曹伟强选择了回避媒体"锋芒"的笨办法：

带领合作社的人员亲自跑市场，用"先试后买，不好包退"的办法，去周边的集贸市场直接与鸡贩对接。凭着过硬的品质，"双坑土鸡"在市场上的反响算是顺水顺风。在攻城拔寨的关键时刻，媒体采访团再次开赴双坑村，为"双坑土鸡"销售助力。这一次，倒不是曹伟强搭的线，而是上级部门主动出击、组织实施的了。

2018年秋天，河源市扶贫产品成果展在市区客家文化公园举行，"双坑土鸡"首次正式亮相展台。合作社工作人员凌晨三四点就开始了紧张的准备：宰杀鸡只、包装封袋、制作盐焗鸡等试吃产品。展期4天，张汉东和曹伟强愣是守了4天的摊，而练荣发则带着合作社的成员分批次上阵"吆喝"，请顾客品尝，让他们用味蕾打分。第二天，"双坑土鸡"的销售量暴涨，整个展期下来，销量冲到了展场冠军的位置。后来，只要有"双坑土鸡"参展的场馆，"双坑土鸡"总会成为全场的"明星"，究其秘诀，仍是纯正的食材品质。也就在2018年，"双坑土鸡"的养殖规模大幅上升，每批次户均养殖数量5000只，户均收入20万元。

父亲长达数年的患病治疗，使贫困户张新君的家庭陷入困境。2007年建设的洋楼，直到12年后，仍旧顶着褐红的红砖外壳。父亲去世后，一直守在病榻没有工作的张新君，在合作社的组织培养下，承担起了给"双坑土鸡"打疫苗的工作。

在解决了统一管理、扩大规模之后，合作社面临的不是风光无限，而是更大的困难与挑战。上了规模的"双坑土鸡"，在各个流程环节需要更加专业的分工。此时的合作社，已不仅仅是初级形态的联盟，而是公司化运营的高层次架构。在双坑村委和扶贫工作队的指导帮助下，合作社在贫困户和其他村民当中遴选了一批有潜力的人员，并根据分工需要，成立了多支专业队，包括阉鸡队、抓鸡队、铲粪队、疫苗队……张新君，正是疫苗队的元老。伴随"双坑土鸡"养殖数量越来越多，张新君所在的疫苗队也由当初的两个人发展到 8 个人，张新君在外打工的妻子吴素芬也加入到了队伍当中。虽然通过了严格的培训，但真正要握针筒，吴素芬仍旧感觉到了紧张。针尖注入鸡仔的翅窝处极易走偏，一旦刺入胸腔肺叶就会给鸡仔带来致命的伤害，给成鸡打疫苗也同样令人难以拿捏。一只手捉住五六斤重的成鸡，另一只手按住针筒飞速注针，短短的数秒时间，需要胆大心细，而一个晚上三四千个短暂秒数的叠加，考验的则是体力和耐力。双坑村养鸡协会会长张海华，特地将吴素芬的首次出师地点放在了自家的鸡场，并告诉她："怎样试都行。"经过一段时间的摸索，吴素芬终于成了疫苗队的一名熟手。渐渐有了名气后，除了负责本村"双坑土鸡"的防疫任务外，吴素芬和疫苗队队员行走版图扩大到了古竹全镇以及周边的镇村。防疫费按每只鸡 3 分钱计算，一个月下来，每个队员平均能挣到 5000 元左右。疫苗队的工资，再加上白天务农、打工的收入，开启了张新君夫妇美好的新生活。2020年，两人将家里的房屋进行了装修，为了孩子更好地成长，还将他们送去兴趣培训班。"过去，连孩子的衣服都是捡娘家那边的，请'私教'更是连想都不敢想的事情。现在，一切都实现了。"提起眼下的日子，吴素芬的眼里闪耀着幸福的光芒。

张桂强家庭生活的变化，也源自搭上"双坑土鸡"产业快车的那刻。从只敢养 3 只母鸡到后来养 300 只鸡，他觉得自己走过的道路犹如冲关，每过一个关口，便增加一份往前超越的信心。"国家扶贫政策最大的好处，就是让我们这些落后的人冲上去，和全国人民一起同步了，大家的生活都是光明的!"越来越昂扬的生活，也将张桂强喜欢写文章的爱好激发出来，只要有记者来采访，他总会现场赋诗一首，表达对扶贫工作队以及党和政府的感恩之情。

疫苗队队员吴素芬在给鸡只打疫苗

抗疫先锋

2019 年农历腊月二十八，历经大半年的紧张忙碌，扶贫工作队终于在越来越浓的春节气氛中，有了一个难得歇息的假期。谢建龙在广州工作的父母，退休后回到了河源市紫金县紫城镇的老家。在深圳的爱人也带着孩子赶回了紫城，准备和家人过一个团圆的春节。紫城镇距离古竹镇不远，想着回家的路近在咫尺，放假后，谢建龙仍"耗"在村里，分担人手紧张的村委工作。没想到这一"耗"，就是整整 3 个月。

武汉发现新冠肺炎疫情后，在岁末年初呈现出全国蔓延的趋势。从春节开始，在市、区、镇三级部署之下，双坑村掀起了抗击疫情的阻击战。疫情气势汹汹，但人们对于全新的新冠肺炎病毒认知度却极低，在不明朗的疫情态势之下，进行防疫知识宣传、稳定群众恐慌的情绪成了重中之重。"勤洗手，戴口罩"，这个预防新冠肺炎的卫生习惯，很快成了全国人民的统一动作，一时之间，普通的医用口罩"洛阳纸贵"，一罩难求。

大年初三，双坑村开始实行封闭式管理。由于跨越义容河的鸭仔渡桥在之前的洪灾中损毁，河对岸3个村庄上万人的出行都绕行双坑村，使双坑村"封村"压力巨大。6个村干部，加上谢建龙和党建指导员邱晓组成的值守队伍，分别轮流扼守村庄两头。伴随上门排查等网格化工作的开展，整个队伍很快陷入吃不消的境地。谢建龙和张汉东包下了晚上值守的时间，但是到了白天，两人仍旧要进行上门核查、开会指挥、汇总上报等工作，几个昼夜下来，明显体力不支。组织志愿队伍一起抗疫！在脑中一闪而过的想法让谢建龙振奋不已。当他把想法提出来，同事们的态度却是心照不宣地缄默。疫情正在往更加严重的态势发展。全国各地的医疗队纷纷赶赴武汉支援，广东省在除夕夜派出第一批医疗队援助武汉后，很快又集结了第二批医疗队，河源市15名医护人员也报名请战。口罩之上的一双双眼睛，隔着玻璃车窗与前来相送的亲人道别，是那样地沉着，唯有眼里的点点晶莹，流露出壮士出征的慷慨悲壮。一名武汉返乡人员的感染病例，打破了河源感染人数为零的纪录。口罩的供应越来越困难，双坑村不得不动用各种渠道筹集防疫物资。谢建龙把求助电话打给了"娘家"。在电话里，集团机关党委负责人林小戈只是轻声地应了句"嗯"，并未多说话。在林小戈应答后，谢建龙又焦急地强调："要帮忙多搞一点来！"很快，从深圳调集的近百个口罩抵达双坑村，解决了村庄的燃眉之急。过后，谢建龙才知道，这些被他发放给贫困户的口罩，是集团在派发到记者手中后又扣回来的，"挤"出这些珍贵的口罩后，他的记者同事只能数天用一个口罩，每次采访回来，用酒精喷洒消毒后又接着用。

2020 年初抗疫现场的谢建龙（右一）

在越来越严峻的抗疫形势面前，志愿者凭什么要站出来和村干部一起冒着生命危险杀伐上阵？即使他本人同意，在每天密集接触外来人口的防控一线，又该如何让他的家人安心？但种种理由都敌不过谢建龙的"拧"劲，他力排众议，在当晚就写了两封请战书，通过"腾讯为村"等渠道发布给了 49 名党员和全体村民。不到一天时间，报名请战的人数达到了 37 名。家国有难，匹夫有责；守护双坑，人人皆兵！如请战书所写得那样，村民志愿者用实际行动，表达了愿与村庄同甘共苦共克时艰的迫切心情。

63 岁的老党员张观文也来到村委报名参加志愿队，谢建龙接受了张观文的请战，却并未给他安排具体的工作，"您老来报名，就是对我们最大的支持！"

"书记，我不仅要求参加值班工作，而且要求值夜班！"没等谢建龙答话，张观文又说道，"1979 年打越南自卫反击战时，我在战场上九死一生都过来了，现在值个夜班算什么？你们这些从深圳从河源过来的干部，为了我们，过年连家都不回。作为村里的一名退伍军人和共产党员，怎么可以做逃兵？"

一番话铿锵有力、掷地有声，印在谢建龙的心里，化作暖流，抚平了数天来的疲惫与艰辛。

一个党员就是一面旗帜，一个基层党组织就是一座战斗堡垒。肩负"第一书记"的职责，在刚到双坑村时，谢建龙就寻思着如何以党建来引领脱贫攻坚工作。除了啃下《如何当好第一书记》等厚厚的书籍外，他和队员王天鹏还特地去拜访上级组织部门和村里的老支书、老党员，一番走访交流下来，得出的是统一的论调：基层党建工作没有套路，须因地制宜。

工作队只有摸着石头过河。谢建龙带来的本该用以拍摄纪录片的摄像机就在这时派上了用场。第一次开党员大会，他发现，除了人数参差不齐外，部分党员把会议内容也当作耳边风，不是跷着二郎腿闭目养神就是玩手机。在党建指导员邱晓的配合下，谢建龙整顿会风的手段，是给每名党员买会议记录本，"每个党员都必须做会议记录，不会做的话，至少要把大小标题记下来！"此外，把摄像机挂在会议室的正前方，黢黑的镜头如无处不在的眼睛，监督着会场上的一言一行。整顿纪律只是开始，扭转落后的思想觉悟、积极培养党员队伍后备力量……在一系列治本之举中，工作队打出的拳头是党员干部以身作则。

从某部队复员进入河源江东新区事务局工作的第二个月，邱晓被派驻双坑村扶贫。2020 年 1 月 7 日，是他结婚的大喜日子，匆匆从村庄赶回家参加完婚礼的第二天，他又回到了村庄。20 多天后，抗击新冠肺炎的防控大战打响，直到抗疫胜利的 4 月底，邱晓才真正意义上和新婚妻子团聚。在工作间隙顺便结了场婚的邱晓，回忆起往事，仍对妻子满怀愧疚。驻村后，白天奔忙各种现场，晚上整理档案材料，夜以继日的加班几乎成了惯常。在无数个夜晚，从双坑村党群服务中心窗户透出的莹白光亮，也悄无声息地种在了村民的心里。抗疫志愿者的应召，心里映照的正是村委楼那盏不灭的灯光。

防控工作如一张大网，千丝万缕，千头万绪。受疫情影响，商场歇业，镇政府饭堂关闭。在紧张的防控一线，值守点提供的三盒方便面，就成了谢建龙和邱晓的一日三餐。虽然挑着不同的口味吃，但吃到最后，两人都有了想吐的感觉。大年初十左右，骤降的气温夹杂着风雨席卷而来，料峭春寒推翻了天气的温暖。为了拿御寒衣物，邱晓请了唯一的半天春节假期。驱车一小时后，他抵达了位于河源市郊的家。透过屋内的灯光，他看到了在客厅等待的母亲和妻子。在门口磨蹭抽完一支烟后，他踏进了家门，下意识地与母亲和妻子隔开数米的距离。沙发上，静静地躺着已打好包的衣物，邱晓拎起衣物转身就走，母亲和妻子不舍的眼神，如刀一样剜了过来。妻子已有了身孕，远离，是他唯一能给予的关心。一直奔忙在防控一线，他不知道自己感染疫情的风险有多大，只能远远地看上她一眼。

在降温的那段时日，谢建龙也回了一趟紫城镇的老家。回去的路上，穿着单衣短袖的他，想到最多的不是保暖衣物，而是吃一顿热气腾腾的饭菜。白米饭、家常菜，还有家乡著名的翻滚着乳白汤汁的八刀汤……经过众多关卡的严格核查，晚上8点，谢建龙驾驶的车子终于冲破夜色来到了村口。上一道长长的斜坡，就是熟悉的家。清香可口的饭菜、一家人其乐融融的画面在村庄严格的防控规定前戛然而止。谢建龙回家的脚步止在了村口，两个早已准备的纸箱就放在斜坡上，母亲和妻子戴着口罩守候在一旁，他听不清她们嘴里说了什么，却读懂她们目光里的意味。谢建龙拎起两个箱子上车，头也不回地将一脚油门踩到了底。两边的山影瘦薄，重重复重重地划过车窗。寒气逼人、饥肠辘辘，谢建龙感受到的不是身体的冷饿，而是深入骨髓的酸楚。他边开车边流泪，眼前黑漆漆的路一如他全身心扑进去的抗疫行动，每一幕过往画面的叠加，都风萧水寒，他不知道还要多少人经历多少这样的壮士孤胆，才能拨开深渊看见光亮。回到双坑村，谢建龙在值守点看到了奋战如常的同事和志愿者。风雨嘶鸣的夜晚，冰冷就从帐篷敞门里灌进来。他们迎着冰冷，一丝不苟地站岗守护，构筑起一道防控安全大门。

回到宿舍，妻子的电话追了过来。电话里，妻子的话仍旧不多。她和父亲都曾极力反对他驻村。丈夫离开数年，她知道自己一个人带孩子意味着什么。而父亲则担心他的身体吃不消，他曾在一次车祸中留下摔断三根肋骨的后遗症，并进行过胃部手术。在他"先斩后奏"之后，家人也唯有跟随他的意愿，和他站在了同一个战壕。妻子把电话挂了后，发来一段视频。儿子在画他留在村庄抗疫的场景，画面上，有密集的人与房屋，儿子眼里的父亲，是一个打怪兽的伟大形象。过年没回家，儿子一直不愿意接他的电话。懂事的孩子，却默默地选择了另一种表达方式，用手中的笔去想念。这样，他就可以因为听不见父亲的声音，而做个不哭的坚强的孩子。

两个箱子，一箱是衣服，另一箱是家人精心准备的食物。吃方便面近半个月后，在宿舍，谢建龙和邱晓终于吃上了一顿热气腾腾的饭菜。青菜卷、红焖肉、盐焗鸡，平常唾手可得的寻常食物如同珍馐，两人风卷残云吃下了平常饭量的一倍。

大年初九后，帮扶河源各个贫困村的扶贫干部陆续返岗，帮助抗疫。春节就坚守在村庄的谢建龙和邱晓，成了河源市返岗动作最快的扶贫干部。两人的抗疫事迹被媒体报道出来之后，有一个画面总令人潸然泪下。记者拿着一幅画给谢建龙指认，那个打怪兽的父亲形象，顿时让一个坚强的男人不能自已，无语凝噎。

历经 3 个多月的奋战之后，全国上下一心的抗疫战斗取得了胜利。人们重新看到了春暖花开、岁月静好。

直播"狂人"

受 2020 年初新冠肺炎疫情的影响，红红火火的"双坑土鸡"产业，又一次遭受前所未有的危机。销售渠道滞堵，需求量突然下降……急需补救措施，填平疫情给整个行业带来的挫伤。

疫情过后，扶贫工作队首先想到的是直播带货，借助深圳广电集团自身的融媒优势，维持"双坑土鸡"的品牌热度。即使在疫情防控期间的低迷期，"双坑土鸡"的销售仍稳定在一定的数量。合作社采取连环中转的运输方式，如同击鼓传花，最终将鸡传递到客户手上。合作社运输队，也正是在那个最艰难的时期成立的。疫情过后，运输队鸟枪换炮，由三轮车升级为大货车，而运输的版图则扩大到河源市周边和珠江三角洲。"双坑土鸡"在疫情防控期间显现出来的品牌效应，让工作队相信，只要有坚实的市场认可度，销售便能胜券在握。

国家精准扶贫战役打响后，2019 年末，深圳广电集团下属的深圳卫视推出了扶贫系列纪录片节目《温暖在身边·深爱圳帮扶》。除了讲述深圳对口帮扶的 9 省 54 县的扶贫故事，节目还与电商带货相结合，将扶贫产品上线卫视官方淘宝商城、微商城、抖音橱窗、壹深圳 APP 等平台，通过"电视+电商"的销售链，助力贫困地区脱贫攻坚。

良好的山地环境、自然环保的食材，通过直播镜头，广大消费者会惊艳于"双坑土鸡"的天生丽质。但好产品也得要有好的"吆喝"方式，谢建龙再次把主意打到了时任集团总裁岳川江的身上。自挂钩帮扶双坑村以来，岳川江每年都会到双坑村走访调研，高屋建瓴指导帮扶计划，对贫困户脱贫、村庄发展建设情况了如指掌。练荣发清楚地记得，岳川江第一次到合作社时，合作社还没有办公地点，连一张凳子都拿不出来；第二次来，合作社在镇上开了一家门店，有了对外展示的窗口；岳川江第三次到合作社调研时，合作社已形成从源头到产品加工一条龙的专业化运营。正是在岳川江的关心支持下，"双坑土鸡"走过了一路凯歌式的发展成长。"贫困户向他提困难，他就用笔记下来。村里的广场、厕所、办公设备都是他一手解决的。"对岳川江的扶贫足迹，练荣发如数家珍。

"双坑土鸡"网络直播现场

对比起网红主播，岳川江有着对脱贫攻坚更高的认识和更全面的观感，也切合了眼下流行的领导干部为扶贫产品打 CALL 的趋势。谢建龙把自己的想法首先透露给集团的中层领导，也包括了集团机关党委负责人林小戈。从谢建龙进入集团工作起，林小戈一路看着谢建龙成长，艺术生天马行空的个性，成就了他在纪录片领域的非凡创造。在谢建龙被派驻入村扶贫的那刻，林小戈的心里却直打鼓，担心他把艺术气质带到扶贫现场，在纸上指点江山，一地鸡毛。谢建龙的确把艺术型人物的激情带到了双坑村，不过却抛却了松涛煮酒的诗意，双脚踩泥，以勇往直前的实干和勤恳，开创出村庄更好的气象。请总裁卖鸡，仍被林小戈认为是谢建龙的天马行空，不过，这一次，他却支持了他的天马行空。他没把"总裁很忙，到乡下帮你卖鸡不现实"的话说出口，而是将了他一军："电梯24楼按键就在那里，你再去按一次吧。"

2020年5月12日，一路闻着花香，踩着田野上的春天的尾巴，参加集团党建活动的30多名同事走进了双坑村。直播现场设在合作社，"壹深圳"直播团队比党建活动队伍提前一天到达，做好了机位摆设、直播间布置等准备工作。下午3点，直播正式开始，岳川江、深圳卫视主持人强子、练荣发等人组成的多角色阵容，拉开了"双坑土鸡"网红之路的启幕。对练荣发来说，"双坑土鸡"如同自己亲手抚育的孩子，美丽的孩子也恨嫁的遭遇，使他把话说得既骄傲又忧愁。岳川江介绍了数年的帮扶行动和亲历的村庄变化，提起带动贫困户脱贫的"双坑土鸡"，他细数了生长环境、养殖方式等点点滴滴，并现场试吃了鸡肉产品。一碗农家鸡汤的香气，恰似数年的努力奋斗开花结果，令围观直播的网友感受到了一种真挚的情怀。一小时的网络直播，当场就卖掉了4000只"双坑土鸡"。而在线下，除了涌来的订单，还有众多的留言。"终于找到一个卖真正土鸡的平台"，是令"壹深圳"直播团队印象深刻的一句话。

总裁带头直播卖鸡，在深圳广电集团内部刮起了一股直播旋风。尔后，深圳卫视、广播中心等由集团各分支机构组成的直播队伍纷纷开赴双坑村，并将带货的内容扩大到了无花果等产品上。

"双坑土鸡"网络直播现场。阿凡提农民种养合作社负责人练荣发（左），时任深圳广电集团党组书记、总裁岳川江（中），深圳广电集团主持人陈妮（右）。

2020年6月22日，深圳卫视《温暖在身边·深爱圳帮扶》的特别节目"圳帮扶·益起来"助农直播周开播，谢建龙、张汉东作为节目嘉宾，参加了开播仪式和首场直播，这也是"双坑土鸡"首次由本土走向外地的直播推广。意想不到的是，在直播间，张汉东患有多年的神经官能症突然发作，血管痉挛带来的窒息感一阵阵地袭来。为了完成直播，张汉东忍着痛苦神色如常地配合着主持人的问答，直到直播结束，才上了医院。神经官能症，算是高强度工作与紧张压力带给身体的副作用。除了暗中吃药控制，张汉东一直向家人隐瞒病情的严重性。每当妻子问起，他总是轻描淡写，却在每天起床时，默默地为自己打气："撑到能撑的那一天，现在还不是乘凉的时候，还要继续奋斗。"

深圳卫视"圳帮扶·益起来"直播周期间，官方淘宝店访客数增长了342%，抖音直播观众总数近24万，平均单场4万。借助各类直播平台，"双坑土鸡"的名气再一次飞跃，受疫情影响滞销的鸡只很快被市场消化。也正是在 2020 年，"双坑土鸡"的出栏量超过 100 万只，产值 1.2 亿元，占据了河源胡须鸡市场的半壁江山，"双坑土鸡"的定价，甚至成为本地市场价格走势的参考标准。

"双坑土鸡"产业的壮大，不仅带旺了双坑村，也打造了一批农村人才队伍，许多贫困户由此华丽转身，投入到提高驾驭市场经济能力的奋斗大潮中，这些追梦人，赋予了双坑村走向振兴的软实力。

练荣发把"双坑土鸡"的成功，归结于国家提供的好政策、好平台和好机遇。"如果没有党和政府的大力帮扶，那是不可想象的。"

教育扶智

2020 年秋天，双坑小学校长刘基旋轮岗到了另外的学校任教。告别熟悉的村小学教坛，刘基旋的不舍，全都化作了一封写给扶贫工作队的感谢信。

10 年前，受师资力量薄弱等种种条件限制，曾经拥有上百生源的双坑小学只剩下 20 多个孩子，村民纷纷把孩子送到古竹镇或是河源城区上学。田野上的蛙鼓蝉鸣，划过传道授业的空旷校园，如秋风寂寥。

脱贫攻坚工作的开展，改变了双坑小学的状况。2018 年，双坑村成立了教育基金会，外出乡贤和脱贫致富的村民捐出了 120 万元的奖教金额，为双坑小学重拾往昔生机注入了活力。而深圳广电集团的支教行动，则是双坑小学追求更高远的开始。"扶贫队伍只是临时工，双坑村的未来靠的还是下一代。"正是抱着这个理念，岳川江亲自谋划教育帮扶工作，将其中每月一次的支教活动当作常态化动作固定下来。集团党员干部的后备力量——团干，从中发挥了重要的作用。一帮风华正茂的年轻媒体人，利用绘画、舞蹈、声乐等专业学识优势，将花团锦簇的艺术熏陶带给了双坑村的孩子。两天一夜的课程，支教老师和孩子们一起学习一起玩乐，晚上，就在教室里搭简易的地铺过夜。数年如一日的支教活动如春风化雨，滋润了双坑小学孩子的心灵。在感谢信中，刘基旋说道："晓晓（化名）来自村里建档立卡的贫困户家庭，是一个无法正常学习的智障儿童。但每一次支教老师的到来，她都会高兴地去拉老师的手。她的内心世界已消除了自卑，并且找到了温暖，那是来自支教老师的真情融化，那也许是她童年世界里从来没有过的欢乐！"刘基旋还提到了另外一些孩子，因为受到支教老师的鼓励，学习像换了一个人似的刻苦认真。"支教活动，带给山区孩子强烈的关注和无限的爱心，使人们了解了党和政府扶贫扶智的决心，也是对乡村教师工作的最大鞭策和促进。"

频繁的两地互动，也在支教老师和孩子之间结下了深厚的情谊。2020 年 8 月，一桶满满的花生油寄到了深圳广电大楼，包裹没有具体的收件人，上面写着"深圳广电的叔叔阿姨收"。后来经过辗转打听，大家才知道，寄件的是双坑村一名贫困户的孩子，她收到了从深圳寄来的小提琴，便想到拿农家土榨花生油来感谢那位不知名的支教老师。

数年来，在帮扶单位和当地政府的共同努力下，双坑小学完成了从空壳学校到现代化农村小学的转变。配备了电脑室、图书室，建设了免费共享深圳远程教学资源的多媒体网络设施。梧高凤至，学校开始多了年轻优秀老师的身影，而在外面读书的孩子也纷纷回流，目前，双坑小学约有 80 名生源，又重新恢复了完全小学的规模。

工作的间隙，谢建龙和队员王天鹏会到双坑小学去走走看看，孩子们的琅琅读书声如一道美丽的音符，翻越山岭飞向江河的远处。"2021年，是巩固拓展脱贫攻坚成果同乡村振兴有效衔接之年。"中华民族实现全面小康走向现代化新征程的冲锋号角声犹在耳，虽然摄像机被尘封到了角落，但谢建龙已无怨无悔，因为，他把人生创作的最美纪录片，都刻在了双坑村的大地上。

五彩斑斓绘雅色

　　早上上班，龚正东要做的第一件事情，是把党徽别在胸前。无论办公还是参加活动，党徽是他一身服装的亮点。这是有着鸡鸣犬吠、茂林深篁的农村，龚正东板正的形象闯入一帮闲适的人群当中，很快，这个强烈的风格，便成为村民眼里关于驻村第一书记兼扶贫工作队队长的特别印象。

　　地处东江河畔的雅色村，隶属于河源江东新区古竹镇。这里地势开阔，连畴接陇，村庄不远处便是河源著名的风景区越王山。晨光熹微，可以看见山上的云雾飘绕萦回，笼出一片洁净的世外桃源。虽然风光旖旎，但在 2016 年前，雅色村是远近闻名的贫困村。没有一寸村集体用地的短板，犹如被摁住了发展的七寸，使雅色村一直停留在一穷二白的窘境里。

　　2016 年，新一轮脱贫攻坚战打响后，深圳报业集团与河源市档案局并肩作战，对口帮扶雅色村，自此，雅色村走上了华丽嬗变的脱贫之路。值得一提的是，按照河源市"党政领导班子成员挂钩贫困村"

的安排，时任河源市委书记丁红都也挂钩联系雅色村，指导脱贫攻坚工作。

在来到雅色村之前，龚正东是深圳报业集团一名从事 IT 职业的中层干部，而党建指导员欧阳艾，则是河源市档案局编研科科长。2019年 5 月，两人作为单位派出的第三批扶贫梯队，接力扶贫事业，在全新的工作领域，接受不一样的人生历练。

雅色村貌

绿色：柳暗花明产业梦

一百平方米的低矮楼房，进入大门，是狭窄的办事厅和办公室。小窗光线微弱，加重了空间的逼仄。因为桌位不够，龚正东和欧阳艾只好在办事厅与办公室之间轮流办公。田野里的风，会吹来隔壁村小学的所有动静，里头有琅琅的读书声和间隔有序的打铃声。

一座村委楼、一所小学，是雅色村能拿出的全部"不动产"。通过置换的办法，三层半的新村委大楼（党群服务中心）和文体活动广场，被建在了村小学的另一边，正在进行最后的装修。在历经前两任队友4年的奋斗之后，更多新气象替代了旧面貌。老村委楼，是雅色村留给龚正东和欧阳艾可以亲身感触的贫困斑点。

2016年，深圳报业集团第一批扶贫工作队来到雅色村。在对贫困户进行建档立卡等基础性帮扶工作的同时，如何发展村集体产业，是工作队关注的重点。当时，雅色村新一届的村"两委"班子刚刚组建，拳脚未展。时任村支书曾广平军人出身，曾在外担任一家工厂的厂长职务多年，而队伍中，还有一名全日制本科毕业的大学生。虽然是一支"潜力股"，但如何改变"村级软弱涣散党组织""省定贫困村"的家底，大家心里都没有数。扶贫工作队的到来，提振了雅色村"两委"的信心。经过多番考察和论证，扶贫工作队将葡萄种植定为雅色村产业发展的方向。继传统的"古竹荔枝"之后，"江东葡萄"正成为江东新区新的农业主导产业。它的大本营在古竹镇榄溪村，负责葡萄园管理运营的东江农夫生态农业有限公司，针对江东新区得天独厚的地理环境，量身定制了"阳光玫瑰"等品种，主攻高端消费市场。经过数年耕耘，"江东葡萄"在河源当地一枝独秀，种植面积300亩，综合年产值超2000万元。

江东葡萄

　　产业被誉为"造血工程"，它以自身的循环产出带动肌体生长，从而实现贫困村的经济自立与自强。雅色村发展葡萄产业的构想，首先得到了河源市和江东新区的大力支持。拿到了"尚方宝剑"，扶贫工作队将东江农夫"拉下了水"，让它成为葡萄园建设的技术合作方。尔后，又牵手另一家农业公司作为投资方。在"娘家"深圳报业集团和江东新区都同意产业扶持资金投入计划之后，葡萄园种植基地 700 多万元的建设资金算是有了初步的保障。

　　雅色村没有一寸村集体用地，葡萄园的用地从哪里来？成了横亘在工作队面前的另一道"拦路虎"。典型的山地地貌，使雅色村农田资源稀缺，全村旱地山林 5000 多亩，而农田只有 1500 亩。看似平展的田畴，实际上由数百户村民的田地交错而成，户均面积极小。破解土地资源难题的唯一途径，是集约村民的土地。"集约"两个字说起来容易，但是要付诸实施，却异常艰巨。

"搞什么搞，这哪里能搞？"

"这样搞得成，饮鼻涕啰！"

第一次召开村民代表大会，村民群情激昂，曾广平把当地最难听的叫骂都听了个遍。除了对土地敝帚自珍，村民更不信任一帮摩拳擦掌的干部。在此之前，曾有其他农业公司进驻雅色村，进行土地集约流转，最后却不了了之，村民收获的只有一番辛苦的折腾。一朝被蛇咬，十年怕井绳，村民觉得，眼前一帮人手不能提肩不能扛，不可能带领他们种葡萄致富。

退缩，从来都不是共产党员的作风。村"两委"与扶贫工作队合计商量的对策是：稳扎稳打，步步为营。

新的村"两委"班子组建后，曾广平和其他村干部迎来首个工作挑战是取缔养猪场。当时，为改善农村人居环境，江东新区集中开展"三清三拆"以及整治垃圾、污水、畜禽污染的"三整治"行动，并在一年后，完成了对辖区 208 个自然村的整治任务。雅色村毗邻东江，附近还有一个灌溉水库，处于水源保护区范围内，整治行动首当其冲的对象，是村里 3 个存在污染隐患的养猪场，它们由村民自办，猪只存栏量都在 50 头以上。

3 个养猪场，其中一个是曾广平弟弟的。这让曾广平看到了一丝转机，决定整治行动就从弟弟那里入手。对于哥哥上门，弟弟没法摆出臭脸，却始终不同意拆掉养猪场，它不仅填进了他全部的辛劳，也是家庭的主要收入来源。就在曾广平与弟弟互相僵持的时候，弟媳不幸患病入院。为了照顾妻子，弟弟只好撇下家里的养猪场和一个小卖铺。曾广平一边让自己的爱人帮忙照料，一边趁热打铁摆事实讲道理。最终，弟弟同意了他的意见。曾广平"没有人手"的说辞，只能算是牵强的理由，让弟弟痛下决心的，是他说的另一句话："连弟弟都不支持我的工作，以后村里的工作还怎么开展？"

拆掉弟弟的养猪场后，对其他两户养殖户的清拆，便显得顺理成章。虽然是为了环保大局，但是村民吃饭穿衣也是大民生。除了在清拆补偿上尽量照顾周全外，曾广平也向养殖户许下承诺，将清拆的场地和村庄未来规划相结合，使其能产出效益。后来，村委也确实做到了这点，但在当时，上无半片瓦的雅色村集体经济窘迫，曾广平的承诺不过是为未来画了一块饼。

铁面无私、公平公正，凭着这块敲门砖，曾广平带领村干部打开了错综复杂的农村人居环境综合整治的口子。

按照规划，雅色村葡萄园种植基地一期种植面积为 100 亩，将以"三产"融合为方向，打造集农业种植、旅游观光于一体的田园综合体。被都市人向往的桃花源，必须交通便利，有供游客休闲体验的转圜空间。党群服务中心前面的开阔田野，成了用地首选，它涉及雅色村数个村民小组 80 多户村民。曾广平和两个弟弟最先同意出让田地，总面积约 6 亩，算是九牛一毛。为了动员其他村民，雅色村"两委"和扶贫工作队采取了最"笨"的办法：反复开会磨嘴皮。在此之前，扶贫工作队和村干部曾远上江西等地考察学习，从中摸索出了一条符合本地实际的土地流转办法：以稻谷亩产作为土地流转费用的参考标准，并联动市场价格的走势进行调整。而未来葡萄园的产出效益，也同样由全体村民共享。通过村干部的讲解，村民的诸多顾虑被打消，但大多数人仍旧拒绝签字，他们担心葡萄园建设是纸上谈兵，问题又回到了原点：不信任一帮村干部能干成事。

"发展产业是为了改变村里的落后面貌，以前我们搞种植有失败的经验，那是因为它的主体是私有的。但是现在，有帮扶单位做我们坚强的后盾，而且是由我们村自己的合作社来运营。"曾广平掏心掏肺，要在村民眼里一穷二白的景象上描述心中丰满的理想，缺乏参照物的佐证，使他有点声嘶力竭："我们村还要不要发展？如果要发展的话，就请相信我一次，再苦再累，我也会带着大家闯出一条路来！"

经过近半年的沟通说服，大多数村民勉强投出了信任票。到 2017 年底，80 多户村民签下了土地流转协议，还有两户，做了坚决的"钉子户"。

2018 年春天，葡萄园开始平整土地，交错阡陌、黍稷畴陇在挖掘机的轰鸣中，很快从泾渭分明变成浑然一体。深埋的土地肌理被翻出来，闪耀着肥沃的光泽和荆丛草籽的芳香。两户村民的田地虽然面积很小，却成了动不得的"膏药"贴在平川上。因为"膏药"，整齐划一的葡萄园断掉了向前延伸的路线。

曾广平的军人牛气涌了上来，他准备用非常手段，"把它们置换到山坑旮旯去，换也得换，不换也得换！"但没轮到曾广平把话说出来，两户村民主动找到了村民小组，表示同意土地流转。村庄轰轰烈烈的建设步伐，让他们感受到了一种憧憬与力量。

赤色：情怀深深扶雅色

古竹圩，是著名的东江古埠。在水运发达的年代，古竹圩承担了河源市紫金县和城东片区的货物中转。山区的竹木、火炭借由古竹码头沿东江顺流而下，抵达珠江三角洲；而珠三角的海产、百货则逆江而上，进入粤东北山区的千家万户。水运最高峰时，古竹码头的货物年吞吐量为 10 万吨。东江水运衍生了古竹发达的工商业，也带来社会变革之先风。在大革命时期，敢为人先的古竹人和紫金县其他农军攻下紫金县城，建立起全国最早一批的红色革命政权。而在抗日战争时期，古竹也是东江流域最早开展抗日救亡的地方。

一株古榕，几峰秀竹，东江水安静地流过绿荫如盖。已无昔日盛景的古竹码头，成了古竹圩的平常一角。同样隐身于平淡时光里的，还有革命老区的风云激荡。龚正东第一次接触古竹圩时，既为来到革命前辈奋斗过的地方而心潮澎湃，又有千钧在肩的压力感。他和队员租住的宿舍，就在离古竹码头不远的古竹镇新街，推开窗户，可以看到规划超前的宽广马路。作为第一批中国特色小镇，丰厚的历史底蕴，是古竹镇整装待发的先机。

队员叫何进一，村民习惯叫他"一哥"。自从 2016 年深圳报业集团帮扶雅色村以来，一哥一直坚守在村里，跟随三任扶贫队伍一起奋斗。在龚正东驻村的第二天，一哥带他走完了 25 户贫困户，第三天，又带他见了镇、区的相关领导。一圈走下来，不同的人物形象在眼前一一掠过，却一个都记不住。初来乍到，预想中的难题万万千，但没想到首个关卡竟是认人。龚正东只好在下班后闷头扎进宿舍，将电脑上所有的贫困户资料调出来，对着照片记名字。悄悄"看图识字"一段时间后，脑子终于装下了所有贫困户的信息，再按图索骥走村串户，便胸有成竹淡定自若了。而党建指导员欧阳艾的暗自发力，则是将雅色村以往的党建材料台账、乡村振兴台账翻了个遍。从未从事过农村工作，两个人都需要各显神通去打通陌生的领域。直到后来成了雅色村大家庭的一员，这段"偷偷摸摸"的经历，才被两人毫不避讳地提起。

葡萄园的果苗已长到了一米高，巴掌形状的叶子闪着浅浅的绿光，枝杈的芽引如同蜗牛，向着塑料薄膜铺就的天空爬升。眼前排排阵阵的种植大棚背后，是两年时光的精心培育，历经土地平整、培土、搭棚、下苗等农业种植的漫长生涯。2019 年初夏，龚正东第一次站在葡萄园大棚下，于一片嫩绿的汪洋里，感受到了前任工作队友和村干部的心血付出。向上拔节的葡萄苗，一如雅色村正在蹒跚起步的产业梦想，令他满怀感动又心情激昂。

对雅色村的帮扶，深圳报业集团采用层级设计的模式。在总部制定出精准的帮扶规划后，由集团下面的子公司共同参与。经过近4年的奋战，集团"一个中心，两个基本点"的主要帮扶项目成效渐显，新建设的党群服务中心以及文体广场，改善了村委办公条件和村庄基础设施条件。而葡萄园种植基地，则使雅色村的发展有了产业支撑。龚正东迎接的第一道扶贫作业，是让另一个基本点开花结果。集团的要求是，帮助雅色村再发展一项产业，用两条腿走路，筑牢雅色村的经济基础。除此之外，龚正东面临的另一个重要任务，是继续接力集团开展的"艺术扶贫"，打造诗礼雅色。

雅色村葡萄种植基地航拍图

中央美术学院的众多博士生，数年来跟随深圳报业集团举行的

"艺术扶贫"活动多次到访雅色村。在专业的课堂上，雅色小学的孩子接触到了"外师造化，中得心源"的艺术之美。这条由笔墨纸砚构筑的悠长来路，有着比村野花草更馥郁的芳香。种下一颗种子，熏陶一个心灵。深圳报业集团党组书记、社长陈寅，副社长、总经理王跃军，以报人的敏感和自身的成长感悟，亲力亲为参与到"艺术扶贫"的各个环节。他们相信，艺术散发的真善美会涵养一方水土，并终将化为雅色村喷薄而出的诗礼文雅。

借助旗下的"深圳国际文化产业博览交易会"国家级艺术交流平台，深圳报业集团除了组织艺术家定期入村进行艺术支教外，也在每年春节前开展义写春联活动。水墨酣畅的龙蛇走笔，常常引来河源市文化同行的观摩，行家眼里珍贵的墨宝，却是雅色村家家户户门前的寻常。2018年国庆节，第十四届中国（深圳）国际文化产业博览会举行期间，雅色村小学近20个孩子，在熟悉的艺术家老师的牵手下，走进了深圳文博拍卖的现场。他们的幼稚的画作，挤夹在一批炙手可热的名家画作中。爱心拍卖，温情地呵护了孩子和雅色村的梦想。万涓成水，汇流成河。数年来，文博会"艺术扶贫关爱基金"共累积了200多万元的拍卖资金，它们被用于雅色村的文化事业建设，开启了一条良性循环的"艺术扶贫"之路。

经过一番考察，扶贫工作队将帮助雅色村另一条腿走路的产业锁定在了肉鸽养殖上。雅色村有零散养殖肉鸽的传统，少量的肉鸽被村民圈养在房前屋后，像养家禽一样，作为生活收入的零星补充。2017年农历春节刚过，时任河源市委书记丁红都来到雅色村调研。当时，贫困户钟仿明就在自家屋旁，侍弄着鸽棚里十几对肉鸽。丁红都走进他家，与他聊起了家常。小时候因为一次事故，钟仿明不幸失去了右手掌。凭借坚强的毅力，他克服了生活中的种种困难，学会用左手写字，并坚持读完了高中。毕业后，钟仿明回到了村庄。丁红都鼓励钟仿明，要树立信心，努力致富，把生活过好。初春时节乍暖还寒，门前的田野上，支棱着芽叶的庄稼已有了一丝嫩绿。丁红都的话，像一缕春风，解冻了钟仿明多年敏感而封闭的心事。自此，年轻有想法的钟仿明，在脱贫致富路上努力打拼。丁红都数年如一日对他家的生活关心以及深圳报业集团的大力帮扶，成了钟仿明的坚强后盾。

依托村庄现有的养殖现状，投资建设一个上规模的肉鸽养殖基地。要实现这个目标，需要跑资金、场地和挑选合作方。几经努力，扶贫工作队终于完成了前期的准备工作。剩下的，只欠项目落地的东风了。在向上级部门报批时，龚正东了解到雅色村属于规模家禽禁养区。对于这道红线，他之前也有所掌握，但认为家禽并不包括肉鸽，侥幸的心理最终使工作队的努力前功尽弃。项目落地的东风是永远借不到了，历经三四个月的跑动，收获了一个否定的答案，龚正东和队员的心情都有些低落。如果村集体经济不强大，就等于发展没有了后续动力。一段时间的农村实践，让龚正东深深感受到了产业支撑对村庄发展的重要性。他刚到雅色村时，一场严重的洪涝灾害袭击整个河源。工作队和村干部不眠不休，其中一项重要的工作便是看守葡萄园。虽然在暴雨来临前，大家已经将上游的一个水库提前泄洪，并在葡萄园的周边开挖了引水渠。但每天晚上，龚正东和曾广平两个人都要摸黑到村里的最低洼处去察看水情，心情随着漫灌上来的水线起起落落。瓢泼大雨击打着塑料薄膜棚盖，发出沉闷的鸣响。铺天盖地的白茫配合着雨声包围过来。站在葡萄棚下，龚正东第一次感觉到村野大地的孤单与脆弱。前任队长的信息不停从手机上跳出来，在 200 公里外的深圳，他的心情和龚正东一样紧张："看好葡萄园，做好防涝工作，它是雅色村的金母鸡！"后来，无论节假日身处何处，只要天气异常，第一时间赶回村庄守葡萄园，就成了龚正东的标准动作。

农业产出期漫长，一定程度上看天吃饭。即便如此，现代田园综合体仍旧是最符合农村实际的产业方向。它们开花结果，除了有赖于科学的建设运营，还要有江湖夜雨十年灯不计功利的怀远之心。龚正东愿意挑灯夜战，却希望雅色村的产业能在漫长的路上奔跑得更快些。

妻子首先感受到了龚正东的情绪。在电话架起的鹊桥中，妻子对龚正东的生活起居仍旧可以遥控照顾。作为典型的 IT 男，和专注的专业精神完全相反，龚正东对一日三餐一直处于勉强应付的状态。驻村后，他的早餐是妻子在深圳事先做好的馒头包子，正餐则是在宿舍门前的快餐店解决。吃了四五个月后，龚正东发现，自己的食谱总是在番茄蛋炒饭和肉末腌面来回切换。一心扑在扶贫工作任务上，更多时候，口中的食物加入了思考的焦灼，味同嚼蜡。等缓过神来，他才对自己敷衍了事的饮食态度有了醍醐灌顶的醒悟。

妻子再关心，也不能让她知道自己工作上的千头万绪。龚正东能做的，是把心中的疑问抛给老主任卢林。时任深圳报业集团扶贫办公室主任的他，除了上传下达沟通联络，还不顾年近花甲的年纪，间断性地驻扎在雅色村，和工作队员一起奋斗。对于龚正东的碰壁，卢林只是不动声色地说了两句："脱贫攻坚就是攻城拔寨，如果轻轻松松能完成，组织派我们来干什么？困难，是工作的常态。"

困难，是工作的常态。换句话来说，就是你的努力和各种成本付出未必有收获，但不努力就绝对不会有收获。把弯转过来，便看到了天高云淡。在以后的日子里，龚正东碰到了更多更难的"常态"，但已有了一颗坚定之心。也在那时，他想起驻村之前，集团党组书记、社长陈寅找他谈话时说的一句话，"不要急着出成效，认准了对村庄有利的事情就努力去做"，才深深理解了他的良苦用心。

2019 年 9 月，龚正东的妻子拖着大包小包，单枪匹马杀到了雅色村。她用最快的时间，完成了从起念到行动的过程。办了工作离岗手续，将家从深圳迁到了河源。安在古竹圩镇的新家，看不到十里长歌的繁华，却安放了一个女人无私付出的深情。夫妻双双做了河源人后，龚正东再也不用只吃番茄蛋炒饭了。他和妻子的故事被记者推上了媒体头条，于是河源人都知道了，有个深圳扶贫干部，和家人一起"组团"扶贫。

2019 年 4 月，深圳报业集团领导与江东新区、古竹镇领导座谈

红色：一个党员就是一面旗帜

2016 年，雅色村戴上了"村级软弱涣散党组织"的帽子；2017 年，雅色成功摘帽；2019 年，雅色村党支部被评为河源市优秀基层党组织。从后进到先进的跨越，雅色村只用了短短的 3 年时间。

火车跑得快，全靠车头带。这个车头，是旗帜，是战斗堡垒，是让农村事业无往不胜的保障，它的名字叫基层党组织。地处红色革命老区，雅色村拥有先天的红色基因。近 2000 人的村庄，有 53 名党员。过去很长一段时间，由于组织活动开展滞后等原因，党员群体的带头作用没有发挥出来。加上外出务工造成人员流动等因素，看似壮大的队伍，其实是一个空壳子。

挂扶雅色村后，抓党建，也是时任河源市委书记丁红都提出的首个要求。"把党组织和党员队伍的建设，放在脱贫攻坚和乡村振兴工作中去淬炼，强筋壮骨。"

2019 年 5 月，欧阳艾作为单位派出的第二任驻村干部来到雅色村时，经过数年努力，村庄的党建工作早已在探索实践中走出了低谷，正在形成鲜明的"雅色经验"。配合第一书记的工作，老老实实按照上级要求走，是欧阳艾刚接手工作时采取的办法。女人的细腻与温和，使她在开展党员教育实践活动时有着天然的优势。为了达到"学习全覆盖"这一要求，欧阳艾不厌其烦的电话最远打到广州某社区居委会，村里有党员在那边打散工，为了不落下他的学习功课，欧阳艾请求社区在开展组织活动时，把那名党员也纳入进去。另外，还"厚脸皮"地提了更高的要求：把党员的学习结果反馈回来。社区负责党建的工作人员在确认她的身份后，一边满口答应一边惊讶地问："村里的党建指导员是吧？还以为是河源市的呢！"

对外出党员做到不漏课，对行走不便的老党员，则是送学上门。下班等工作间隙，欧阳艾和村委干部、扶贫工作队员组成送学小组，挨家挨户上门"送学"。在看似平常的拉家常中，见缝插针地融入国家方针政策、发展形势、村庄建设等动态信息。虽然叫送学，却没办法像课堂理论学习那样一本正经。老党员精力不济，不适合长时间地讲教。即使是年轻党员，在自家忙不完的农活负担下，也没多少人对一个人的滔滔不绝感兴趣。这是基层农村，有着和城市完全不一样的生态。学习形式创新性地改变了，但教育活动的目的却是一样的，欧阳艾把它概括为：统一思想认识，凝聚发展力量。

潜移默化，水到渠成。凝聚力越来越强的党员队伍，成为村委工作爬坡上坎的主攻手。在雅色村通往越王山景区的 1.5 公里旅游大道修建时，首先让出地块支持修路的是党员；在 2020 年初防控新冠肺炎疫情工作中，不分昼夜冲在一线的也是党员……在雅色村 53 名党员的家门口，53 块"党员之家"的牌匾耀眼夺目。这个特别的亮身份，无声胜有声，时刻提醒着每一名党员：严格要求自己，不忘初心与使命。

严格要求自己，意味着自律、奉献，也意味着不断自我进步。雅色村年轻的党员干部曾远鸿，被同事笑称为"曾现场"。无论是进行村居环境整治还是各项基础设施建设，他总是摸爬滚打在需要处理各类问题的现场，晴天一身泥，雨天一身水。他的理由是"我年轻，苦点累点是应该的"。妇女干部曾雪云，刚进入雅色村村委工作时对电脑办公一窍不通，而后来，她不仅能熟悉操作各类办公事务，还能用键盘敲出流畅的讲话稿。"村庄要建设发展，作为党员干部，首先要具备过硬的工作能力和学习能力。"正是抱着这样的信念，曾雪云从普通的农村妇女变成了新时代农村大地的赶潮人。

每隔一段时间，贫困户钟伯的电话就会打到龚正东那里。钟伯的孙女患有唐氏综合征，儿子儿媳带着孩子租住在河源市区，一边打工一边给孩子治病。因自身腿部有残疾，行走不便，一人在家的钟伯把外出采购的事情交给了龚正东。送大米、送食用油……龚正东和村干部扛上门的各类日用品，被村民笑称为"第一书记"牌。这个笑称，却让龚正东暗暗欣慰，如果不是深深的信任，钟伯不会把他当成可以跑腿走路无话不说的亲人。

脱贫攻坚战线涉及面广，每个驻村第一书记，都面临着夺取目标胜利和处理周围事物关系的双重考验。驻村前，龚正东更多是在专业领域驰骋。驻村后，内外上下都要统筹兼顾的工作性质，使龚正东清楚地看到了自己的"短板"。他必须把自己钻在单个领域的线性思维变成纵横捭阖的全局观念；必须打破自身内敛的性格，和各方交流沟通。改变，是化蛹成蝶，贯穿着脱胎换骨的痛苦撕裂。支撑龚正东走过每一个困难挑战的，正是"我是党员"的信念。那些浸染着汗水与心血的足迹，也成了他补齐"短板"、锻炼能力的自我突破。

作为扶贫一线的驻村女干部，欧阳艾有着身为人母的更长牵挂。被派驻入村时，她的小儿子才一岁多。接到组织的安排后，她将孩子交给家公家婆照顾，义无反顾地奔赴雅色村。在此之前，单位领导考虑到她的实际情况，征询谈话时给了她一个"和家人商量后再决定"的空间。外公外婆是党员，父母是党员，爱人也是党员，在一个红色信仰契入了几代人血脉的家庭，欧阳艾知道，和家人商不商量，结果都只有一个，那就是坚决服从组织安排。到了雅色村后，定期开展的党日活动大多在村庄各大建设现场进行，一群党员志愿者，要挖山劈路、种树植草、上下打扫。在城里穿的裙装从此被欧阳艾置之一角，她学会了抓锄头铁锹，直着嗓子讲话，穿上塑胶水鞋疾走如飞。

经过数年卫生环境整治，雅色村成为古竹镇有名的清洁村，2019年摘回的两个省级荣誉中，其中一个就是广东省卫生村。2020年5月，为进一步巩固卫生水平，欧阳艾决定举行"美丽之家"评比活动。调动村庄最小的家庭细胞，以规定的精细动作为分值，开展卫生评比。思路提出来，首先反对的是村干部，他们认为村民卫生习惯有着顽固的个人喜好，优劣分明，评比毫无意义。基于长期农村实践的积累，村干部的话不无道理。但由同一战壕的战友说出来，欧阳艾仍感觉到了刺耳。

活动开展后，一个个问题如水泡般冒了出来，最大的问题是，根本没法将村民收拢到评比体系中来。刚开始，有村民对评比无动于衷："评什么评，农村没点狗屎鸡粪还算农村吗?"还有的坐在家门口，悠闲地看着一帮村干部挥汗如雨，为他家屋院清理杂草枯枝。这时，欧阳艾才理解了同事反对的苦衷。最终，党员干部集体参与、党员家庭带头，打开了活动的关口。再往后，村民隔岸观火的场景变成了自己热情上阵。首批美丽之家评比颁奖，在党群服务中心前的文体广场举行，古竹镇领导亲自为获奖家庭颁奖。此后，"美丽之家"的评比不断结合实际，又融入乡村振兴工作的"四小园"（小菜园、小果园、小花园、小公园）建设等新内容，顺利迈出了全民卫生行动的第一步。

"人心都是肉长的。""通过行动引领，村民会渐渐理解我们，支持我们。"欧阳艾用浅白的心里话，诠释了她送学上门常讲的一句：党建引领，是一切工作的基石。

2020 年 7 月 1 日，时任河源市委书记丁红都再次来到雅色村，在工作一线庆祝党的 99 周年华诞。宽敞的村党群服务中心一楼大厅，挤满了市、区、镇、村 4 级党员干部。本该在楼上会议室召开的座谈会，前移到了眼前有村民来来往往的办事大厅。从书记的笑意里，曾广平感受到了他对雅色村发展改变的欣慰之心。曾广平还记得，3 年前丁红都第一次走进雅色村的情形，贫困的村庄如一幅蒙尘的画，从他的眼睛里看不到任何惊喜的表情。在热情的交谈中，丁红都表达了对雅色村的期望：如果能达到金史村的标准，就更好了。

金史村是河源脱贫攻坚和乡村振兴的顶尖样板，丁红都的期望是对雅色村更高位的谋划，也是快马加鞭的鼓励。

橙色：妇女能顶半边天

2019 年 4 月 19 日，在初夏连绵的雨水中，广东省委副书记、深圳市委书记王伟中来到雅色村。王伟中踩着田间的泥泞，了解雅色村脱贫攻坚情况。新的党群服务中心和文体广场正在建设，在泥浆泛红的建设现场，王伟中特别提到了妇联组织是脱贫攻坚和乡村振兴的重要力量，要加强农村妇女工作，并指示陪同调研的河源市领导和深圳报业集团领导："希望率先在雅色村探索一套新时期如何发挥农村妇联和妇女作用的经验。"

王伟中调研过后，河源市立即作出部署，要求江东新区研究出台有关工作方案。深圳报业集团党组书记、社长陈寅在集团党组扩大学习会上传达了王伟中的指示精神，很快，一系列加强妇女工作的措施在雅色村推开。

2019 年 4 月 25 日，由深圳报业集团和江东新区妇联为指导，雅色村妇联执委进行了增选，按照产业型、功能型、凝聚型的标准吸纳妇女人才，执委人数增至 11 人。深圳报业集团对 11 名妇联执委发放每人每月 200 元的津贴，这是雅色村村妇联执委有史以来第一次拿到的岗位津贴。2019 年 5 月，江东新区发布了加强基层妇联执委履职管理的试行方案，参照雅色村的做法，为基层村庄 338 名妇联执委每人每月发放津贴 200 元。

尔后，雅色村又建设了"妇联工作室""妇女儿童之家""婚姻调解室"等活动场所，从组织、思想阵地上探索妇女工作的新模式。设在雅色村党群服务中心一楼的"妇女儿童之家"，在每周四下午 4 点半村小学放学后，会有一个固定的节目：由党建指导员欧阳艾带着留守儿童朗读课文。从汉语发音到气息转换再到文韵之美，专业的讲解和朗读慢慢改变了孩子们"唱读"的习惯。每当孩子们昂起脸，欧阳艾会从一双双纯净的眼睛里看到另一个世界。里头的色彩有些是父母给的，而有些则来自陌生的外界，但它们都在丰富着孩子眼睛里的内容。欧阳艾相信，一个在温暖中成长的心灵，终归会用温暖照亮他人。

在被吸纳进村妇联执委前，刘石兰在古竹镇从事美容保健工作。工作之余，她跑动最多的地方是镇敬老院。帮老人修剪指甲、收拾房间内务、打扫厕所……对污脏的冲刷，也淘洗出一个女人美丽的心灵。因为有爱心、见识比较广，被吸纳进村妇联执委后，雅色村妇联安排给刘石兰的第一项任务是组建一支村民舞蹈队。家中有一个宽大的停车场，刘石兰就把停车场当作舞蹈室，凭着热心劲儿，三下五除二就拉起了一支舞蹈队。5个月后，新建的村文体广场投入使用，第一次登上灯光璀璨的广场舞台，刘石兰表演了事先彩排中没有的一段，拎起旁边的大喇叭，大声喊道："妇女姐妹们，以前你们总是说，嫁到雅色村，生活很穷，很难过。现在，开心了吧？"

台下，响起如潮的掌声和笑声。

为了照顾家庭和更好兼顾村里的妇女工作，刘石兰辞去了镇上的工作。家门口的葡萄园种植基地，为她提供了一个全新的岗位。好学的她，在劳动中不怕苦累，眼到心到，暗暗跟随技术员学习果木种植技术，很快便在种植管理等环节独当一面，展现出突出的工作能力。

为了调动更多像刘石兰这样的妇女群众参与到村庄建设中，实现自我价值，河源市、江东新区两级妇联组织将种养知识培训等活动，直接下沉到了雅色村。它的另一个清晰指向，是未来雅色村的"巾帼农场"。按照计划，农场由帮扶单位深圳报业集团投资建设，由雅色村妇女群众组成合作社运营。通过农场的带动，来锻炼妇女群众的管理能力和驾驭市场经济的能力，从而为乡村振兴发挥生力军力量。

"巾帼农场"，将书写雅色村妇女能顶半边天的新篇章。

蓝色：品味幸福的诗与远方

2020 年春天，雅色村葡萄园基地绽放出了缤纷的色彩。葡萄园里的草莓和圣女果，相继结出了累累果实。叶丛中的红色浆果如串串玛瑙，点缀着田野。虽然受新冠肺炎疫情影响，无数果只成熟的年华只能孤芳独赏，但一片锦绣斑斓仍旧让扶贫工作队感受到了蓬勃希望。在抗击疫情取得胜利的夏天，葡萄园的夏黑、蓝宝石、阳光玫瑰等优质品种次第成熟，一幅果木扶疏虫鸟啁啾的田园牧歌图呈现在了人们的面前。

游客的采摘，加上东江农夫自身畅通的销售渠道，葡萄园的葡萄很快被销售一空。历经 3 年多的耕耘，雅色村的农业产业梦想终于开花结果。

数年的帮扶生涯，给了工作队一个深刻的感受，那就是无法长足停留，雅色村终将在生命里擦肩而过。他们不想在帮扶行动结束后，与一个村庄的联结就此人走茶凉。火热的扶贫一线，是无数共产党人以人民为中心的奋斗现场，它能让人感受信仰的力量和中华民族磅礴的历史走向。把扶贫实践中无数个生动的事例作为党建活动的教育题材，由此搭建起一条从深圳继续向雅色村输血的脐带。同样，雅色村山风起伏的田野和飘飞的云岫，曾让艺术家们看到一个渐远的故乡，在他们提笔描绘心头的乡梦时，也将真挚的情感播撒在了这一片土地。艺术家与生活，如同血与肉的粘连，深沉的爱心牵引，使他们心甘情愿认下这一桩两地情缘。

历经一番深思熟虑，深圳报业集团决定帮助雅色村建设党员培训基地和艺术家工作室，把它们作为"后帮扶时代"的脐带，与葡萄园基地相互配合，从而推进雅色村的文旅产业，打造一个游客进得来留得住的现代桃花源。近1000万元的投资额，大部分由集团各个党支部共襄盛举。"如果不是抱着深沉的情怀，在脱贫攻坚胜利收官之际，是很难下决心去做这样一个举动。"深圳报业集团这样公开解释。

"脐带"工程于2020年5月正式启动，恰好是卢林退休的时间节点。在他卸下工作重负后，扶贫办公室主任的担子仍被他扛了下来，放不下雅色村的他，希望"继续陪着扶贫工作队，在见证中华民族实现第一个百年梦想的历史时刻后，再结束工作生涯"。

"脐带"工程的建设，和当初建设葡萄园基地遇到的困难如出一辙，扶贫工作队首先面对的是用地问题。严苛的规划红线、农田保护法规以及客家人安土重迁的观念……是扶贫工作队不得不面对的重重关口。历经三四个月的选址，项目用地仍飘在半空。反复碰壁无法通关，而上马的项目又不能半途而废，使龚正东急得像热锅上的蚂蚁。一天下班后，龚正东照例在村庄转悠寻找目标，村口处一口山塘引起了他的注意。辗转打听，他了解到山塘的主人是曾广平。暗自惊喜过后，龚正东开始有意无意和曾广平聊那口山塘，在看似平常的对话里套取有用的信息。山塘其实是农用地，因为地势低洼而积水成塘。平静地跳过这段话后，曾广平接下来的话让龚正东燃起的希望又灭了下去：那是祖上留下来的。

箭在弦上，使龚正东不得不厚着脸皮往下问："你把它卖了吧。"

曾广平知道扶贫工作队一直在为"脐带"工程建设用地东奔西跑，但当龚正东把主意打到自己身上，仍旧让他感觉到了意外。他本想满口拒绝，但想到这一支队伍非亲非故，却从深圳过来，一直为村庄无私地奉献着。未来建成的党员培训基地和艺术家工作室，它的归属仍旧是雅色村全体村民。曾广平咽下嘴边的话，皱了皱眉头，艰难地应了句："让我考虑一下。"

龚正东道了声感谢，却在心底放弃了请求。他想如果曾广平不主动提及，他就不再聊这个话题。没过多久，曾广平却回应了工作队的请求，对龚正东云淡风轻地说了句："行吧。"龚正东不知道曾广平是如何做通家人工作，才换来这既轻又重的两个字。

建设用地解决后，龚正东以为前面便是一马平川，只需快马加鞭而已。2020 年 9 月，深圳报业集团法务部、审计部、财务部、项目管理部等部门的 11 个代表，来到雅色村"脐带"工程建设现场。平整后的山塘，是一块开阔的黄泥地。同事们的脚步踏过，泥尘翻飞，远处的稻田已是谷穗扬花的丰收景象。

现场会整整开了一天。从招标文件合同审核到建设细节，同事们以各自专业的学识，为完美收官的帮扶作品把关。在一个接一个的犀利提问中，龚正东发现，自己竟然又一次陷入陌生的领域。

"自来水怎么供应？水压不够的话如何解决？"

"怎么供电？电压不够要不要加建变压器？"

在诸多必须解决的问题中，最大的问题是："这块地有没有土地使用证？"

有了上次引进鸽场项目的教训后，扶贫工作队对"土地规划"相关的内容一律严阵以待。在开现场会前，龚正东已经提前了解过，山塘水面不在农田保护范围内，按理是可以建设建筑物的。现场的同事替代龚正东进一步深究，"如果可以建设，就应该有土地使用证。"

龚正东的手上，一无所有。

如果没有土地使用证，就办不了施工许可证；如果没有施工许可证，就办不了不动产权证。花大力气建起的大楼，就有可能没法成为雅色村合法的集体产业。问题的焦点又回到了原点：这片在规划中属于设施农用地的山塘水面，需要调整为建设用地。

搞清楚答案后，同事们当天就赶回了深圳。离开时，他们留下一句不近人情的话："等有了土地使用证后，再启动项目建设。"

一阵沉默之后，龚正东将下沉的心绪摆回到正常状态。在翻飞的泥尘中转悠了一整天后，此时，已月上柳梢，周围农家灯火点点，一座村庄在眼前若隐若现，已有了大开大合的繁荣气象。困难，只是工作的常态。龚正东在心里又将老主任的话默念了一遍，和队员一起向着远处的灯火走去。

申请调整规划是一项重大复杂的工程，涉及镇、区、市三级职能部门。为了让"脐带"工程顺利启动，扶贫工作队又开始了新的忙碌。

在热火朝天的建设现场、在工作的间歇，龚正东的眼前常常晃动着一幅灿烂的图景，那是深圳、河源两地人民一起奋斗出来的雅色村的明天。

连绵果园，瓜果飘香，长长的观光走廊架起人们亲近土地的通道。在感受心中的诗与远方的同时，游客还将看到一座高贵的礼堂。那里，有一个村庄的来路去向，有一群为了人民幸福而不懈奋斗的人的来路去向。他们，都在奔向同一个终点：全面小康。

胜 利 奔 康

　　山上的金丝皇菊，忽如一夜春风来，花枝怒放。铺陈着灿烂金黄的村庄，像一面巨大的花毡。丘振才也被巨大的花毡陶醉了，对于眼前熟悉的土地，生出一种从未有过的亲切粘连。他擦了下晨雾凝结在脸额的朦胧，像往常一样赶往金丝皇菊种植基地。

　　丘振才是胜利村金丝皇菊种植基地的管理人员。2020 年秋天，胜利村 70 亩的金丝皇菊种植基地首次迎来丰收，丘振才和 40 多个村民经过半个月的忙碌，采摘出 4 万多斤的鲜花。下苗、施肥、除草、采摘……在见证菊花生长的时光里，丘振才凭借丰富的农业管理经验，获得了基地所在公司的一致好评。生活，如同漫山鲜花铺陈的大道，向丘振才展开了光明的通途。而在 5 年前，丘振才还是胜利村的一名贫困户。为了拉扯大两个孩子，他当了 10 多年的"奶爸"，家庭生活开支全靠妻子打零工的收入。每逢雨天，胜利村村支书丘耀文总要上门，将他们大大小小的一家子从漏雨的危房中转出。和丘振才差不多境遇的还有丘建良，祖孙三代居住的老屋低矮逼仄，透过砖墙裂缝，可以看到外面起伏的田野，夏天燠热，冬天则寒风刺骨。上小学的孙子，从不敢邀请同学到家里做客，墙壁上的风雨沟痕，也爬进了孩子年幼而敏感的心里。

老旧危房多、村民生活贫困，曾是胜利村简单直接的村史。这是距离河源市区不足 10 公里的村庄，落后的面貌却犹如一贴膏药，贴在发展日新月异的城市间。胜利村的巨变，发生在 2016 年国家新一轮扶贫攻坚战打响后。在帮扶单位和当地党政的共同努力下，胜利村用短短的数年时间，越过巨大的城乡壕沟，呈现出一个城市社区的模样。

"全才"扶贫队

2019 年 5 月，古津铭作为国家开发银行深圳市分行（下称国开行深圳分行）派出的第二批扶贫队员，进驻河源江东新区胜利村，任驻村第一书记兼扶贫工作队队长。从专业的金融领域走向广阔的农村天地，古津铭和全国数百万扶贫队长一样，开始了不一样的人生淬砺。

发源于紫金县紫城镇马天寨的柏埔河，一路由东往西蜿蜒而来，穿过胜利村汇入东江。河流为胜利村带来开阔的江岸冲积平原，三面平坦的江岸之外，则是连绵起伏的丘陵山地。靠山面水，与河源市区只有一江之隔，优越的地理位置，使胜利村自古就是重要的东江乡埠。人们在肥沃的沙坝地上播种甘蔗和花生，借以农业耕作自给自足。改革开放后，城市的迅猛发展，渐渐拉开了胜利村与城市的距离。20 世纪 90 年代，胜利村的大片沙坝地被征用为河源市紫金县工业产业园。家门口的建设一日千里，胜利村却困于发展困局当中，大多村民的出路仍旧是打工、务农。

第一次走进胜利村，古津铭感受到的便是这种强烈的节奏对比。历经单位和河源市税务局 3 年的共同帮扶，村庄的模样正在焕新。村道、文体广场等一批基础设施的完善，改变了村容村貌；而产业投资的分红收益，则为胜利村脱贫奠下了强大的基础。就在一派蔚然的气象里，各项建设的繁芜与艰辛仍充斥其中。驻村3年的前任扶贫工作队队长李业泰，对新手同事古津铭的面授机宜，只有语重心长的一句话：必须做好应对各项工作挑战的准备，让自己从专才转向全才。

驻村不久，古津铭便体会到了老队长李业泰口中的挑战。在走访入户过程中，不时有贫困户向他反映就业、医疗、教育等方面需解决的困难，甚至还有的贫困户因为家庭内部纠纷，找上门来要求评理。由从事专业的金融业务到接触基层的各项综合事务，古津铭必须在短时间内熟悉全村贫困户的家庭具体情况，并迅速在各项业务政策上成为专家。譬如，仅贫困户医疗保障这一项，就涵盖了基本医疗保险、大病保险、医疗救助、二次救助等内容。扶贫工作队要熟知业务流程，不然面对贫困户千差万别的医疗情况，自己都先晕头转向，更别说做好保障服务工作了。

为了弄懂各项扶贫政策和"八有"脱贫标准，古津铭又重新做回了学生，利用下班时间认真学习政策文件。而在为贫困户解决一件件生活困难的过程中，他也逐步赢得了全村贫困户的信任和认可，不停的奔忙让他在应对各种挑战的忐忑中加速上手。与他并肩作战的党建指导员尹俊来自江东新区后勤服务中心，在车轮辗过胜利村的每一寸土地时，两位年轻人也成了地道的"胜利通""扶贫通"。3个月下来，工作队员从"五保"和"低保"都分不清的"菜鸟"变成在数秒钟内就能拎出一户贫困户脱贫数据的"老干部"。也就在那时，古津铭才真正理解了"全才"扶贫干部的含义。除了扶贫工作，他要同时扮演好政策宣传员、家庭调解员、家庭经济顾问、职业岗位介绍员等一系列角色。只有"全才"扶贫干部，才能带领贫困户打赢脱贫攻坚战。

驻村工作期间,古津铭遇到的第二个重大挑战便是2020年初的新冠肺炎疫情。面对突如其来的新冠肺炎疫情,江东新区党委、政府迅速采取了强有力的措施全力应对。作为驻村第一书记的古津铭,第一时间响应组织号召,提前结束春节休假,赶赴胜利村抗疫一线,与胜利村村"两委"并肩作战,积极落实地方政府抗疫工作要求。

在抗疫过程中,古津铭遇到的一个最大的难题便是如何解决防疫抗疫物资紧缺问题。疫情发生后,口罩、酒精消毒剂等物资供应不足,不仅在市面上买不到,而且政府配发的口罩也数量有限,很难满足胜利村组织抗疫工作和村民自身防护的整体需求。

古津铭第一时间将有关情况向国开行深圳分行领导报告,建议向胜利村捐赠口罩等急需的抗疫物资。由于当时单位自身也严重缺少口罩,此前预订的口罩尚未到货,便决定先为胜利村采购一批酒精消毒剂,待预订的口罩到货后再调拨一批捐赠给胜利村。然而在当时市面上口罩严重紧缺的情况下,单位负责采购抗疫物资的同事告知古津铭,他也不能确保单位预订的口罩何时能到货,也不能确保捐赠给胜利村的口罩的具体数量。

为了积极争取单位的捐赠口罩,古津铭几乎是每天两个电话打回单位,询问口罩是否已经到货。等到第三天,古津铭终于从单位得到了好消息:分行通过积极联系上市公司欧菲光,募集到2000只口罩。虽然分行自身口罩物资仍十分紧缺,但考虑到胜利村的抗疫工作需要,决定全部捐给胜利村。同时也包括了此前分行为胜利村采购的100瓶酒精消毒剂和额温枪等抗疫物资。

古津铭听到消息喜出望外:2000只口罩几乎相当于当时全镇配发的口罩数量,胜利村的防疫抗疫物资有保障了。他立刻联系单位同事安排向胜利村捐赠事宜,但不曾想又遇到了抗疫物资运输难题。原来,由于疫情期间各地针对人员流动进行管控，分行人员往返深圳、河源两地运送抗疫物资难以实现，特别是当时深圳作为疫情比河源更严重的地区，人员从深圳向河源流动的疫情风险显然更大。

古津铭立马想到安排快递公司寄送，可电话打给了顺丰、京东快递公司后才发现，出于安全原因，各大快递物流公司从前一天起已陆续取消酒精消毒剂的寄送运输了。古津铭想也没想，立马上网搜索了其他快递公司的电话打过去咨询，得到的都是否定答复。古津铭咨询了从事物流业的朋友，朋友答复：可能部分物流公司的个别营业网点还能寄。于是，古津铭又在网上搜索了主要物流公司在深圳的各个营业点的电话，一个一个打电话去咨询。终于，功夫不负有心人，在打了接近 30 个电话后，终于有一家物流公司的营业网点接单了。古津铭立马与单位同事联系，将口罩、酒精消毒剂、免洗手消毒液、额温枪等抗疫物资安排当天一并寄出。

抗疫期间胜利村党总支部成立党员抗疫先锋队

一天后，当国开行深圳分行捐赠的 2000 只口罩、100 瓶酒精消毒剂等一批防疫抗疫物资顺利寄达胜利村村委会时，胜利村支书、村主任丘耀文多天来紧锁的眉头终于舒展了，他激动地说："真的太感谢国开行深圳分行了，这批物资对我们来说是雪中送炭！真的是给胜利村的抗疫工作打了一针强心剂，我们抗疫更有信心了！"

看着村支书丘耀文开心的笑容，看着在胜利村抗疫一线的村民志愿者等工作人员拿到口罩、酒精消毒剂等物资时欣喜的表情，古津铭觉得自己所做的一切努力都是值得的。

胜利手笔

2000 年，在珠三角做日用品批发生意的丘耀文回到了家乡胜利村。从河源到紫金的河紫公路穿越村庄，就在车流密集的河紫路旁，丘耀文开了一家大型超市，继续干着自己的老本行。有经营管理经验又热心家乡公益事业，在乡亲们的支持之下，2008 年，丘耀文当选为胜利村村支书与村主任，成为村"两委"班子的带头人。此时，他已担任河源市人大代表满一届。

村庄的穷与丘耀文心中追求的气象，从一开始就格格不入。当时的胜利村村委楼是一座 80 多平方米的旧房子，夹杂在民房中，需要穿过一条长长的窄巷才能到达。"连个门堂都没有，不知道怎么来形容它的简陋。"丘耀文上任后做的第一件事情，便是重建村委楼。2020 年 12 月，面对笔者的采访，丘耀文特别提到了重建的理由："改善办公环境是其次，重点是它代表了村庄的形象。太破旧了，连个气势都没有，让大家怎么有信心来干活？"

门面就是形象，商战理念被丘耀文运用到了村庄的工作中。建设新楼不是搭积木，对于一穷二白的村庄来说，要拿出数十万元的"巨款"并非易事。当时挂钩帮扶胜利村的是河源一个市直部门，听说丘耀文要建村委楼，尽最大努力支持了5万元。丘耀文只好做"丐帮帮主"，向上级部门四处讨要，硬是建起了一栋三层高的村委楼。到新楼装修时，山穷水尽的丘耀文只好拿出自家的20万元往里贴。爱人不理解，阻止他说："把这些钱借给穷得叮当响的村委，过一百年都未必还得起。现在市区周边都在搞开发，还不如买块地囤着。"丘耀文没有理会妻子的"妇人之见"，虽然极力反对，但丈夫一意孤行，妻子也只好默认了一桩亏本的买卖。

新建设的胜利村村委楼，很长一段时间都在周边的村庄中"鹤立鸡群"，直到今天，它仍旧是座功能完善的现代化办公大楼。这也是国家精准扶贫政策实施后，在河源200多个省定贫困村中，极少数不需要帮扶单位重新建设的办公楼。

以5万元的底子做了近百万元的事业，只是丘耀文的牛刀小试。2016年以后，借助脱贫攻坚和乡村振兴的东风，丘耀文终于有了梦想照进现实的舞台。2016年至2020年，在和扶贫工作队的共同奋战下，胜利村以1700万元的政府投入，撬动了4000万元的建设事业。基础设施建设的大手笔，在各个村庄中甚为罕见。用好用活扶贫与乡村振兴资金，依靠的并非一腔雄心，而是整个村庄干部队伍办事创业的卓越才干。如果缩手缩脚，任何困难都有可能成为行进路程的绊脚石。干部队伍的能力与担当，如同左膀右臂，支撑着胜利村脱胎换骨走向新生。

投资近1000万元的胜利村大桥，全长106米，宽10米，双向四车道，如同一道彩虹飞架柏埔河，改写了胜利村的出行历史。柏埔河，是胜利村5个村民小组以及周边村庄进入河源市区的必经之路。在柏埔河上架一座现代大桥，曾是无数村民的梦想。虽然有一座建于20多年前的单边通行桥梁沟通两岸，但日益繁忙的交通却使老桥不堪重负，2019年的河源洪灾更使老桥雪上加霜，桥墩被洪水掏空而成为危桥。人们需绕行数十公里，才能抵达本来直线距离只有数百米的对岸。在危桥封闭时，距离它数百米远的胜利村大桥还没落成，它积攒着村民翘首以盼的渴望，正一点点勾画着飞虹架通途的蓝图。

胜利村大桥的建设并不顺利。从 2014 年萌生建桥计划，到 2017 年大桥建设被列为江东新区重点项目，历经了多方努力。在解决资金问题之后，征地成为最令人头痛的问题。为此，区镇两级成立了专门工作组负责攻坚克难。而在具体的工作过程中，胜利村打头阵，承担起"火线员"的作用。

胜利村大桥的两端选址，是一片被外租的果园，由于合同未到期，果园老板以村庄单方面毁约为由提出巨额赔偿。通过政策讲解和种种斡旋，最终对方数百万元的巨额赔偿降至双方都可以接受的百万元金额。不料，果园土地被收回后又起波澜。果园所在的胜利村一个村民小组村民翻起了旧账，认为当初村民小组在进行土地出租时并不公开透明，他们不承认出租合同，主张果园土地归属于个人，而不是村集体。为了表达意见，村民使出骂街、哭闹、报警等十八般武艺。村干部每天被汹涌的群情包围，"靶子"的中心便是丘耀文。不停召集村民开会，做沟通解释……顶着从四面八方射来的"利箭"，丘耀文和同事每天都重复着同样的工作。一波未平一波又起，为接驳宽敞的胜利村大桥，东岸的道路需要重新扩宽。这段短短的 800 米道路，挤夹着 20 多家村民的房屋。要在村民房屋的门口余坪、斗门围墙、花园廊道里借出一条村道的困难，层叠着果园地块的纠纷，如同一团缠绕不清的乱麻，摆在了丘耀文和同事的面前。

早在 20 多年前，胜利村就规划预留了村道用地。要扩宽的村道，属于规划预留的部分，这为村委打开了一道工作的口子。虽然村民建起的附属建筑是既成事实，但仍有占道的嫌疑。在法律上占不了上风，村民便打出人情牌，以自家女人有身孕为由拒绝拆除。女人怀孕后家里不能动土，以免伤了胎气。3 户有添丁之喜的村民家庭，以民间禁忌为由，对上门来做工作的工作组放出狠话："如果肚子里的孩子有个三长两短，就找你们算账！"虽然是无理取闹，但它却犹如旋风掠过熙攘的人群，带来一阵窒息般的喑哑。

工作再一次陷入僵局。毫无进展的停滞，并未令丘耀文感到气馁。要打开村庄的发展格局，修路是绕不过的一个坎。村民怀孕生子，生生不息，如果仅仅是因为怕承担一个莫须有的"罪名"就退缩，那么永远都没法在村庄修出一条道路来。况且涉及拆除的是房屋附属物，完全可以把村民的禁忌排除在外。虽然抱定了啃硬骨头的决心，但从征拆现场回来后，丘耀文仍旧把电话打给了一位熟悉的律师朋友。

"村民肚子里的问题，怎么和你有关呢？"电话里，远离一地鸡毛现场的朋友调侃道。不过，他仍旧以专业的法律学识解答了丘耀文的担心。因果证据，是法律界定事物关系的依凭。空口无凭，一切得按照事实来。

顾虑被打消后，丘耀文和同事用情与法的手段双管齐下，请司法所人员进场讲解，请村民的亲友"曲线救国"，最终赢得了 20 多户村民的点头同意，使村道拓宽工作得以顺利开展。而果园土地的纠纷问题，在无数次的沟通协调之后也迎刃而解。

2019 年 7 月，历时一年多建设的胜利村大桥在锣鼓喧天中正式通车。渐起的河雾在早晨清冽的空气中犹如白纱，笼罩着两岸的青碧。村民从四面八方涌来，欢庆大桥的开通。人群中，也包括了丘耀文和同事。他们的车子在前一天晚上便被"借走"，车额被村民挂上了红绸，正和其他车辆一起组成浩荡的车队，缓缓从对岸驶上了胜利村大桥，锣鼓的鼓点和着鞭炮的响声一起涌上了桥面。过桥后，热闹的车队又绕着村庄走了一圈。村民用热闹的锣鼓讲述胜利村大桥的启幕，也讲述一个村庄划时代的变化。如果把目光放到云上俯瞰，会看到崭新的胜利村大桥优美地锁住了柏埔河的水口，它与不远处的东江遥遥相对，为河源美丽的江桥风景演绎了一段关于乡村嬗变的故事。

在完成胜利村大桥建设的同时，在扶贫工作队帮扶下，胜利村还对村庄入口道路进行了沥青铺设。宽敞的道路一路蜿蜒，穿过村庄与河流，延伸到山的尽头。此外，结合乡村振兴战略，清拆了所有的危旧建筑，并通过轰轰烈烈的全民卫生运动、美化亮化工程和"四小园"活动，提升了村庄的形象与文化内涵。历经数年的艰辛努力，具备了城市社区雏形的胜利村，终于以华丽的姿态融入一江之隔的城区。

总结这些年村庄的各项建设工作，"干得很苦"是丘耀文说得最多的一句话，而另外一句是："'得罪'了一大批人。"

2020年12月，胜利村举行新一届党总支部委员会选举。令丘耀文没想到的是，会议以全票通过方式再次选举他为党总支部书记。见证了村庄日新月异变化的党员群众，用全票通过的信任，为丘耀文敢"得罪"人的勇敢担当集体点赞。

缱绻乡愁

推开陈旧的木门，李业泰首先看到了翻飞的尘埃，两边的砖墙挡住部分毒辣的阳光，就在狭窄的院子里，他第一次见到了丘振才。两个孩子跟在他身边，顺着院墙搭建的鸡窝，加重了空间的逼仄。令人窒息的闷热，充斥在院子的每一处角落。

爷爷手上留下的一个院子、三间瓦房，是丘建良一家 5 口的家。李业泰不敢相信，与河源城区毗邻的村庄，还有如此破旧不堪的住房。

丘建良的房子，成了李业泰入村帮扶的第一桩心事。从 2016 年到 2019 年，作为国开行深圳分行派出的第一批扶贫干部，李业泰与来自河源市税务局的驻村第一书记丘剑锋，在胜利村一起奋战了 3 年。丘剑锋有一个柔软的微信名：乡愁。诗意画意里的乡愁，是湿漉漉的，弥漫着洲渚水岸的波心涟漪。而丘剑锋的乡愁，却是漫长扶贫征程的深沉背负。

精准识别是所有帮扶工作的基础。驻村后，李业泰和丘剑锋做的第一项工作便是走访核实村子的贫困状况。工作队在短短的一周时间里走遍了村庄近百户家庭。白天入户，晚上则和镇、村干部对着厚厚的一叠材料反复对比、斟酌，篦洗着每户家庭的住房、劳力、教育等情况。2016 年端午节，胜利村 48 户贫困户进入帮扶名单（后逐步动态调整为 44 户）。在长长的公示榜上，丘振才、丘建良的名字也赫然在列。此后几年时间里，历经工作队的大力帮扶，崭新的洋楼取代了丘建良的老屋；而丘振才，除了搬新房，孩子还考上了研究生，成为四邻八乡的教育成才榜样。

结合实际、因地制宜，在各个无法雷同的帮扶设计中，"抓教育扶贫，阻断贫困基因"却几乎成了所有帮扶单位的共同理念。按照单位整体的帮扶规划，李业泰也将工作队的帮扶重点放在发展产业、完善基础设施和提升农村教育水平三大内容上。

2016 年 8 月，时任国开行深圳分行党委书记、行长吴亮东一行来到胜利村。阵阵爽朗的笑声从丘振才的家里传出，就在不久前，一封喜报辗转抵达这座老旧的围龙屋，丘振才的儿子以优异成绩考上广州大学。这个好消息振奋着来到丘振才家中调研的每一个人。儿子的争气，抚慰了一路走过的艰辛，笑意爬上了丘振才的脸额，吴亮东和丘振才一样喜笑颜开。在鼓励与叮咛之外，他还做出了一个决定，给予了丘振才最有力的支持，每年发放 5000 元的教育补贴，使孩子上大学没有后顾之忧。

虽家徒四壁，但家里被丘振才收拾得整洁有序，一尘不染。曾经一起居住的村民陆续搬出围龙屋后，只有丘振才一家人还继续着过去的生活。廊厅叠叠相套，数方天井映照着皎洁星月，如果不是坍塌严重，老围屋本该是一座理想的居所。多年来，丘振才一家大小已习惯在每个风雨之夜神色慌张地撤离。不过危陋老屋带来的风雨印记，很快将不复存在。数百米外，丘振才的新家正在建设，两层半的楼房已在浓绿的乡野中拔地而起。

到丘振才家做客，和一个贫困却充满希望的家庭共同规划明天，成了吴亮东入村调研雷打不动的内容。2019 年下半年，国开行深圳分行新老领导交接，分行新任党委书记、行长张华国接续了那份深沉情怀。丘振才的儿子完成大学本科课程的攻读后，张华国极力支持他考研深造。"不仅提供资金补助，而且还给予充分的精神鼓励。"丘振才说，正是帮扶单位的关爱与鼓励，使儿子在面临考研还是出来工作减轻家庭负担的两难选择时，有了更加清晰的奋斗目标。儿子在成功考上本校研究生后，丘振才将自己的激动全都化为了一句话："以后你出来工作，无论做什么，都要记得回报社会。"

在倾情帮扶胜利村的 5 年多时间里，国开行深圳分行除了设立贫困户子女教育助学金外，还为胜利村小学建设了多媒体电脑室，并把"青年员工实践基地"设在了村小学，定期选派青年员工进村开展支教活动。将反哺农村与员工自身成长相结合，探索出一条相得益彰的教育扶贫道路。

国开行深圳分行党委书记、行长张华国一行在丘振才家中座谈

政府危房改造补助资金 4 万元，帮扶单位补贴 1 万元，加上贫困户的产业分红，支撑起丘建良建新房的首批资金来源。2016 年至 2018 年，在扶贫工作队的努力下，胜利村共有 18 户贫困户和丘建良一样，进行了新房建设。2017 年，在建好一层楼房毛坯后，丘建良一家欢欢喜喜住进了新房。房子没有装修，红砖与砂浆砌筑的墙壁痕迹斑驳，散发出新鲜的泥水气息。即便如此，不再穿风漏雨的楼房仍旧为丘建良一家带来了踏实的幸福。后来的日子，丘建良如蚂蚁搬家，将新房加盖了一层半，装上了窗帘，置办了家具。

就在丘建良启动新房建设的 2016 年年底，在工作队的帮助下，他得到了一份固定的工作——胜利村卫生员兼防疫员。这个在家门口的公益性岗位，不仅使他有了稳定的收入，在参与村庄发展建设的锻炼中，也让他具象地感受到了村庄巨大的变化。

包括丘建良在内，共有 6 个卫生员负责胜利村的卫生保洁。2018 年乡村振兴战略实施后，按照部署，胜利村也开展了轰轰烈烈的人居环境大整治。除了全体村干部参与其中，还带动了市区周边的志愿团队一起加入。在定期的卫生整治行动之外，胜利村还探索建立了奖惩结合的保洁制度，以规范每位村民的义务与责任。事贵以专，历经数年的坚持，村民的卫生意识增强，村庄的卫生环境大为改观。

作为村防疫员，在每年的春秋两季，丘建良都要和周边的光坳、塘排、梧峰 3 个村庄的防疫员实行联动，集中一起挨家挨户上门，对家禽以及圈畜环境进行防疫消毒。"每天都在变，一天一个样。"同事给予胜利村的评价，常让丘建良暗自欢喜。而在工作锻炼中，丘建良也逐渐开阔了视野，增长了见识，积极开朗的形象取代了过去那个沉默的一无所长的人，2019 年，丘建良当上了胜利村卫生队队长。

2019 年 5 月，已是初夏，浓荫如盖。丘建良加盖的楼层进入最后的收尾阶段。在家门口宽敞的村道上，丘建良常常会看到李业泰和丘剑锋忙碌的身影。为了跟进房屋的建设进度，他们的脚步也会停留在他的家里。3 年多时光，在摆脱贫穷的奋斗中，丘建良和他们结下了深厚的情谊。在他实现安居乐业时，李业泰和丘剑锋却不得不告别村庄，返回原单位了。新一轮扶贫干部接任已经开始，新的工作队将替代他们继续未竟的事业，帮助贫困户实现奔康的目标。在李业泰和丘剑锋最后一次上门时，丘建良倒茶端水的动作没了往日的麻利。大家坐在凳子上，围绕着一张木茶几，就是在这样的围聚中，丘建良曾向工作队絮叨过家里的困难、未来的打算，还有生活改变后的心情欢畅。家里崭新的楼房比肩村庄栉比鳞次的房屋，有了一样的架势与高度。虽然四面的墙壁依旧没有刷白，但那是迟早的事。屋外，不时有沙砾掉落在脚手架上。在一片砰砰的响声中，丘建良长久地沉默。直到工作队要离开，他才喊住两人，问了句："可不可以在我的新房前和你们照张相？"

爱人用手机拍下了三人的合照。这张照片，一直留存于丘建良的手机中。"都是工作队在为我照相，跑上跑下，记录家里的住房、自来水、生活收入等情况。我也要为工作队照一张相。"2020年12月，面对采访，回忆起往事的丘建良仍旧心潮起伏。他说，当时非常舍不得工作队离开，拍照是为了留念，更想记录工作队的付出与关心。"丘剑锋书记的微信名叫'乡愁'，我能理解他的乡愁，就是想把我们这些落后家庭的面貌改变过来，和大家一样过好日子。"说话时，晶莹的泪水一直在丘建良的眼眶里打转。生活的变化有多么巨大，内心的感激就有多么深长。其实，每一位贫困户都有着和丘建良一样的感受："深深地感谢扶贫工作队的帮助，这种感激无法用言语去表达。"

丘剑锋（左）李业泰（右）在丘建良（中）的新房前合影

青春逐梦

　　来到胜利村接力扶贫事业的古津铭，接过了前任工作队深沉的"乡愁"。进村后，古津铭租住在一户村民家里，平时与房东搭伙解决一日三餐。只是加起班来常常没日没夜，只能吃住在办公室。房东一边感叹他工作辛苦，一边会悄悄地为他留可口的饭菜。一桌温热的食物，也散发着人情的温度。

　　2019 年年底，胜利村有劳力户贫困人口的家庭人均可支配收入约 1.7 万元，村集体收入 26.5 万元，贫困户全部达到"八有"退出标准，实现脱贫退出。年度扶贫工作考核，聚焦贫困户脱贫出列和贫困村"摘帽"两项内容，体量巨大。为了迎检，工作队投入到紧张的工作中。全村贫困人口 44 户 162 人，劳力户 33 户 149 人，比重超过了 90%。这意味着仅收入来源这一项，工作队就要呈现 33 户档案材料，内容涵盖每个人的工作证明、产业分红协议、工资收入流水等方面的情况。收集、遴选、再录入系统……为了指导帮助村"两委"做好材料档案工作，古津铭和党建指导员尹俊将"战场"从田间地头转移到了党群服务中心办公室。凌晨的乡野，阒寂无声，漆黑的苍穹如同一把小提琴，夜的天籁会鸣奏出幽隐的琴声。在无数个繁忙的日子，结束一天工作的古津铭，都会看到这一幕绚丽的星夜。住处距离办公室有数公里，他必须提前一两个小时在网上预约车辆，并把定位前移到村庄附近的主干道河紫路，这样才不被司机拒绝接单，搭乘车辆穿越一川夜色，顺利回到住处。

　　完成好所有材料档案工作的那天，古津铭在晨光熹微中刚刚睡下，手机的振鸣声便响了起来。来电的是江东新区桂林村第一书记叶正鹏，睡意蒙眬中，古津铭听到电话那头劈头盖脸就是一番调侃："工作通宵的人，怎么那么早睡觉？"

面对相同的迎检工作，古津铭和叶正鹏两人不约而同打起了通宵战。后来的年度检查，上级部门抽中的是叶正鹏所在的桂林村……这些苦乐年华里的点滴，今天成了古津铭美好的回忆。几乎每一位扶贫干部，在结束扶贫工作生涯后，都会怀念那一段青春履历。除了增强心中党员身份的担当意识，其间积累下的干事创业能力，也是他们永久的人生财富。

大学本科毕业后，丘迅华决定回乡创业。2017 年 6 月，他回到了家乡胜利村。脱贫攻坚工作正在村庄展开，在回乡创业的数年时间里，丘迅华亲眼见证了胜利村的嬗变。家乡化蛹成蝶的切身观感，带来了强烈的心灵冲击。最终，他从一名扫着自家门前雪的个体经营户，转向更宽阔也更艰苦的领域——加入服务村庄的队伍中。

带动丘迅华"弃暗投明"的人，就是古津铭。

两人最先的接触，从不咸不淡的闲聊开始。古津铭知道丘迅华是回村创业的大学生，而丘迅华则从村庄呈现的每一处变化中感受到了扶贫干部的奋斗。理想追求是一条隐形的线，连接起彼此之间的好感。

在工作队主抓的扶贫项目中，作为"造血"工程的产业建设是其中的重头。鉴于城郊的特殊区位，工作队采取投资江东新区及周边的新兴产业，以分红的形式来壮大胜利村集体收入。而发展本村实体产业，是工作队坚持的另一个方向。用"两条腿"走路，不仅可以更好地筑牢村庄的经济基础，也可以在产业建设中，锻炼一批驾驭市场经济能力的本地人才，他们在工作队撤出后，才是推动乡村振兴的主力军。

一天，古津铭向丘迅华提出，打算将致富带头人的项目——打造胜利村电商平台的任务交给他来承担，却被丘迅华一口回绝了。

没时间，是丘迅华给出的直接理由。他的酒楼经营规模在周边屈指可数，开门迎客，挣钱，人生奋斗的轨迹正一步步接近心中的目标，他不想遛个神拐弯走。更重要的是，他所理解的"致富带头人"，无非是拿自己的商业积累去付出，多半是桩倒贴的买卖。

打造胜利村电商平台，并非扶贫工作队的心血来潮。

东江穿城而过，冲积出大片的开阔江原，过去，包括临江、古竹两镇在内的河源江东地带，都是花生、稻谷的主产区。一望无垠的沙坝地长年烟笼雾罩，造就了江东农产品的优良品质。采用自种花生榨取的花生油，曾是胜利村有名的特产。20世纪60年代，村民丘维强在胜利村国营油坊工作，国营油坊解散后，他重拾旧业，沿袭古法榨油至今。花生去壳用柴火灶隔水蒸煮，经晾晒、研碎、炒干后再进行机器压榨。半手作的方式，保留了植物果实的馥郁香气。酒香也怕巷子深，胜利村花生油的销售地图一直停留在周边的乡镇，而村庄的其他农产品的遭遇也差不多。建设胜利村电商平台的初衷，便是依靠发达的电商网络，打响胜利村农产品品牌。这条实现村民增收的途径，也是大浪淘沙，锻炼本土人才的契机。

面对丘迅华的拒绝，古津铭采取的办法是"磨"，胸有成竹地做他的思想工作。积极上进的追求，是摆在丘迅华眼前两条看似截然不同道路的最大公约数。古津铭说："闷头挣钱是好事，但你是村里走出来的大学生，既然选择回乡发展，就应该把自己的才智和村庄的发展结合起来，实现人生价值。"

人生价值4个字，击退了丘迅华心中的诸多犹疑。2020年3月，利用之前成立的种养合作社的基础，丘迅华接过了胜利村扶贫商城的建设工作。

　　临江镇桂林村扶贫商城，是朋友叶正鹏的"得意之作"，也是基于村庄实际出发的遴选推优。他山之石，可以攻玉，胜利村和桂林村有着相似的村情，古津铭认真研究了桂林村扶贫商城的成功经验，并基于胜利村实际情况进行优化调整。经过半年多的准备，胜利村扶贫商城正式对外运营开放，主打产品也是花生油、土鸡、土鸡蛋。作为河源扶贫农产品，在走进粤港澳大湾区城市的会场参展中，伴随曝光率、口碑的累积，胜利村农产品品牌渐渐打响，众多餐饮企业将目光投向了胜利村扶贫商城，"香饽饽"便是胜利村花生油。商城成立后，还与深圳小岗村农产品供应公司签订了产供销合作协议。通过"互联网+"对接本地特色产业平台建设，铺设了一条胜利村农产品售卖的新路，而从销售金额中提取的扶贫公益金，则为村庄巩固脱贫事业提供了一份长远的支撑。

　　胜利花生油，为胜利人生加油。这句朴实的口号，也是丘迅华崭新工作履历的注脚。跟随乡村建设大潮，参加致富带头人培训、电商培训等活动，打开了他眼里的另一扇窗，不断的工作历练，是加持在一个年轻人身上的金钟罩铁布衫，使他不断汲取脚下土地的营养，有了不一样的青春成长。2020年底，丘迅华被选为胜利村党总支部委员，成为胜利村党总支部的新鲜血液。2000多元的工资与忙碌的村委工作成截然对比。"每天醒来，想着又是紧张苦累的一天，如果在过去，我会想'这是何苦'呢，现在不会了……"面对采访，丘迅华解释着旁人的不解："因为，梦想无敌。"

　　梦想无敌。这梦想，饱含每个追梦人的深情、勇气和信念。

第二章

乡 村 振 兴

"脱贫摘帽不是终点，而是新生活、新奋斗的起点。"

美丽的花簪

2021 年初，熙熙融融。明媚的春光，拉开了锦天绣地的开年启幕。河源江东新区临江镇年丰村，一株株药用玫瑰和金丝皇菊种在坡岭山地，蕴藏了整个冬天的大地腥甜，包围了村庄。这些没来得及抽枝的新苗，在数个月之后，将开成一片灿烂的花海，成为江东新区的一顶花簪。结合建设城郊观光型现代农业的战略规划，江东新区在临江、古竹两镇连片建设中药材种植基地。开在村庄的花朵，是浪漫的风景，更是闪亮的"钱袋子"。

每天中午 12 点，村庄大喇叭关于乡村振兴的宣传会准时出现在年丰村村民的耳畔，除了广播的声音，还有流动宣传车的讲解和工作队的入户动员……在 2020 年圆梦小康后，乡村振兴成为奋斗征程上的新目标。新时代农村发展大潮裹挟着每一位年丰村村民，他们对于这个新目标早已了然于心。

完成了全部农房改造；打造了中药材种植"一村一品"产业；清拆危旧房屋近 2 万平方米；建设了党群服务中心、卫生站、文体广场、生活污水处理池、公厕、垃圾收集点等一大批基础设施……这份脱贫攻坚和乡村振兴工作的答卷，是年丰村迎接 2020 年度广东省乡村振兴战略实绩考核的充足底气。阳春三月，浩荡的春风送来了远处山野的气息。为了迎检，由村干部组成的人居环境督查队严阵以待。在充满草木清香的村道上，督查队员、年丰村村支书刘金辉不时被村民拦住，他们关心地问他同一个问题："检查一定会过关吧？"末了，是一句心明如镜的征询："什么时候圈栏里的鸡可以放出来？"

"2035 年。"刘金辉干脆利落地答。乡村振兴一环扣着一环，没法搞形式和走过场。按照迎检的标准，一刻也不放松地执行各项建设任务，使刘金辉在工作中经常扮演狠角色。"无情"，是村民私下送给他的第一个评价。

在改善村庄人居环境的数年工作积累中，刘金辉有自己的心得。在迎检的时间里，他把自己的心得向上级党委政府进行了汇报：希望通过城乡环卫一体化的第三方治理，来建立村庄人居环境管护的长效机制。在得到"可以试试"的鼓励后，刘金辉联系了社会上的一家保洁公司，告诉他们："保洁标准就是村庄现在的卫生状态。"保洁公司人员在村庄转了一圈后，选择了沉默。刘金辉又补充了一句："你们可以先试两个月，但这两个月村里不会给你们一分钱。以后也是，如果做不好，一分钱也别想拿。"两句话，生生把保洁公司给吓走了。"很会算账"，是村民给刘金辉的第二个评价。

深刻的嬗变

在乡村振兴战略启动实施的 2018 年，年丰村党支部被列为河源市软弱涣散党组织。软弱涣散不是一个好标签，但如果了解年丰村的村情，就会明白，它戴上这顶"帽子"一点都不冤。

成立于 2014 年的河源江东新区，作为河源市全新的城市功能区，承担着城市跨江东拓的重任。新区发展建设的主舞台，是东江支流柏埔河与东江交汇的开阔江原。年丰村处于江原的中心位置，粤赣高铁河源站就设在这里，江东新区依托高铁站打造高铁新城的蓝图，打破了年丰村的沉寂。在村庄被征用的土地上，高铁站以及规划中的河源市中央商务区和未来行政中心建设如火如荼。就在家门口拔地而起的高楼，让年丰村与城市的距离近在咫尺。而开发热潮的背后，却是乱搭乱建、抢占抢种等种种乱象和矛盾纠纷。新形势下的新挑战，考验着年丰村干部队伍的干事创业能力。而乡里乡亲、沾亲带故等关系掣肘，使村"两委"的工作放不开手脚，迈不开步伐。

为加强年丰村基层党组织和班子建设，时年，由时任河源市委书记丁红都亲自挂点年丰村。

除去被征用的区域，年丰村仍旧是一个有着流水潺潺和田畴沃野的乡村。柏埔河从东面的紫金县蜿蜒而来，给了年丰村一个深情的环抱后，西行数公里汇入东江。沿河两岸的沙坝地和起伏交错的山岭，延宕出村庄形态丰富的地理空间。

在上级领导的指导下，年丰村针对各项整顿问题，以党建为引领，结合当时开展的"不忘初心、牢记使命"主题教育活动，首先从思想上改变队伍中存在的畏难、不敢担当等观念意识。此外，通过推动党建场所标准化、制度系统化、组织活动常态化、台账模式化、电教设备现代化等措施，来进一步夯实村党支部的战斗堡垒基础。

乡村振兴战略实施后，江东新区着力于早谋划早部署，以拿出年财政收入 15% 以上的大手笔"以工哺农，以城促乡"，于 2018 年就建立了乡村振兴项目库，入库项目 103 个。其中，桂林、胜利、雅色、双坑

4 个省定贫困村，成为社会主义新农村示范村创建试点。伴随道路硬底化、禽畜圈养、集中供水、雨污分流等项目建设工程的推进，广大农村基础设施条件改善，面貌焕新。打造城郊型现代观光农业综合体，是年丰村在江东新区乡村振兴蓝图中的一项规划内容。让规划落地，实现梦想，成为年丰村"两委"班子直面整改问题、提升转变的实战战场。

2018 年 8 月，按照江东新区部署，年丰村打响了农村人居环境整治战，开展提升村庄面貌、扫除卫生顽疾的"三清三拆三整治"。本是民生工程的"三清三拆三整治"，却在年丰村遇到了前所未有的阻力。阻力的源头集中在敏感的征拆问题上。家门口的建设一日千里，使许多村民都有"等待拆迁补偿"的心理。哪怕是一块废旧的砖头椽角，在村民眼里看来，都是值得保留的价码。为此，年丰村"两委"轮番召开大会小会，反复向村民讲解村庄的发展规划、人居环境综合整治的意义。会上，村干部讲得声嘶力竭，会下，村民无动于衷。而在实际工作中，只要工作队一进入清拆现场，便会响起村民混乱的叫骂声。沸腾的群情如一道铜墙铁壁，令清拆工作无从下手。

"一拆那些废弃的猪牛栏、旱厕，群众就喊打喊杀。只好转到其他地方，那头先放着；其他地方开展不了，又放下，又转到下一个地方……" 2021 年 3 月，刘金辉在采访中回忆当初开展工作的情形，连连用"很难"来感叹。环境整治工作队如无头苍蝇，将年丰村 7 个村民小组转了一圈后又回到了原点，而时间却在一点点的流逝……最后，村"两委"把目光投向了上店村民小组。上店处于村庄的中心位置，其他 6 个村民小组如众星捧月环连在它周围。按照规划设计，年丰村东片区为山地公园、中药材种植基地，北面则是"广东万里碧道试点"柏埔河碧道，最终的蓝图是将公园、花海、碧道串珠成线，呈现一个城郊观光型现代农业农村。上店在其中扮演的角色，体现了村民幸福指数的含金量。除了建设文体广场外，村道扩建的主体工程也在这里。清拆上店村的危旧围屋建设文体广场，从而打开人居环境综合整治的口子，是刘金辉的主意。他和村委会副主任刘立辉都是上店村人，老围屋是两人共同的祖屋。作为党员，他觉得两人带头做出牺牲责无旁贷。

　　天气很快就进入到秋天，村庄山野的芦苇在风里摇曳，但刘金辉感受到的不是"蒹葭苍苍，白露为霜"的诗意，而是战鼓催人的紧迫和一种难以言说的情绪。老围屋涉及上店村上百户村民，除主体建筑祠堂被保留外，其余两边的危旧耳房全部都要拆除。上百户沾亲带故的村民听说要拆老屋，把刘金辉和刘立辉两人骂了个狗血淋头。80多岁的老父亲最先感受到了儿子的压力，选择了默默支持。他对儿子说："要拆，就先拆咱们族叔这边的13间老房吧。"以祖祠为中心，老围屋由数重耳屋呈半圆形分布。重重耳屋之间由庑门连接，间以铺着鹅卵石的露天廊道。过去，一两个房间就是一户人家的活动空间，虽然狭小逼仄，但这片仰头就看得见白云在天井穿梭的天地，却是上店村人共同的记忆，积淀着村庄聚族而居的风雨变迁。穿过破败不堪的庑门，刘金辉走进童年的家，父亲的"长生"就摆在廊道尽头的阁楼上。这里的每户人家都会提前为老人准备身后的"长生"。"长生"寄寓着客家人一种隐晦心理，它以贱为贵，以低为高。欢喜地直面"长生"、摆放"长生"的习俗，是希望人可以向死而生，熬得过比"长生"更长的岁月。现在，父亲的"长生"却不能安静地待在老屋一隅了，刘金辉和同来的村民，在纷飞的尘埃中将父亲的"长生"抬出，一种连根拔起的轻飘袭击了过来，在人声纷沓中，刘金辉背过头，擦了擦眼睛。外面刺目的阳光照射进来，他看见远离了老屋的棺木，躺在新家水泥地的门坪上，孤单、颓萎，一如他的心情。

　　一天，天刚蒙蒙亮，工作队的挖掘机开进了老围屋。等人们在睡梦中醒来，刘金辉祖上的 13 间老屋已扒拉在了地面。紧接着，村委会副主任刘立辉也拆除了属于他家的数间老屋。为了给规划中的文体广场预留出足够空间，刘立辉随后又拆除了自己和儿子家的水泥洋楼。刘金辉与老围屋相邻的一栋瓦房本不在清拆范围内，但瓜田李下，刘金辉决定连带把它拆掉。这是父亲手上建起来的房屋，由他和弟弟共有。数次和弟弟商量都遭到坚决反对，最后刘金辉擅自做主，直接下手。房屋的轰然倒下，在弟弟心中划下了一道伤口，自此，弟弟见到刘金辉就绕路走。"连过年都不到我家来了。"刘金辉说。

在刘金辉和刘立辉的带头下，对于危旧老围屋的清拆开始势如破竹。在推进村庄人居环境整治的同时，年丰村的村道扩建、雨污分流等基础设施建设也同时推进。工程进度表上的日期，排布着密密麻麻的勾点，让每位村干部都有逆水行舟的感觉。在雨污分流工程建设之前，2000 多人口的村庄的生活污水，都直接排入柏埔河。河流的沙渚岛岸，则是天然的垃圾收纳场。当人们发现代代沿袭的生活方式与快速发展的时代难以相适应时，村庄已面目全非。2016 年实施的"河长制"以及紧接着的乡村振兴战略，解决了广大农村"垃圾围河"和"垃圾围村"的问题。雨污分流工程与村道扩建工程需要开挖路面，填埋管道。沙砾排阵、坑洼泥泞的施工现场，使村民出行受到影响，怨言便在此时冒了出来，甚至还有的人在村庄微信群等网络渠道放"狠话"，骂村干部不顾村民死活，搞建设是为了赚钱……刘金辉在外工作的孩子也在微信群里看到了"图"和"真相"，便委婉地劝父亲不要再干了，怕他忙坏了身体，更怕他气坏了身体。

刘金辉拧劲上来了，对儿子说："村庄搞建设不是做游戏，糊弄一下就可以。现在消极不干就等于'挖坑'，以后工作赶不上还是要回来'填坑'的。不仅是我和村干部，区、镇的领导干部都天天下村来指导督促，晒得黑不溜秋。他们为了什么？这些道路、绿化带、污水处理池……他们背回城里去吗？"一番激烈的话，更像是刘金辉对自己说的。

新建设的年丰村污水处理池于 2019 年 8 月投入使用。家家户户的污水通过污水渠管引至调节池，经一体化处理达标后，再排入柏埔河，使村庄生活污水处理有了划时代的变化。乡村越富裕，河流越清澈，这个重大的农村环保变革，使"乡愁"不再萦绕在人们的梦里，它流溢在农村大地每一处可以感触的蜕变中，充盈着农民个体的情感起伏。在历史长河中，关于乡村衣食住行的进步，必将有乡村振兴这浓墨重彩的一笔。

2019 年下半年，经过近一年的"拉锯战"，在清拆地上建设的上店村文体广场正式投入使用。它由一个主舞台、一个运动球场和公厕等附属设施组成。每当夜幕降临，铺着塑胶跑道的广场人潮如织，村民跳舞、唱歌、打球……在明亮的路灯照耀下，旁边重新修缮的围屋祖祠，雕梁飞檐描金绘彩，赫赫煜煜。它的门前，仍旧是一方月牙水塘，朵朵莲蓬穿过颀硕的老荷，已果实饱满。100 多户村民共有的老屋，以另一种形式继续为村民提供着庇护。年丰村将每家每户的屋基、门坪面积拍照存档，保护着大家应有的产权。从开始声称要 50 万元一亩到最后无偿清拆……时间给予了村民相同的答案：众人付出换来的成果，最终由众人共享。

上店村文体广场的建设，如同攻城拔寨途中攻下最艰难的一座。临江镇一位挂点领导曾对年丰村村干部半是认真半是玩笑地说："过了这一关，接下来就没那么辛苦了。"

"三清三拆三整治"之后，江东新区还在全区农村开展了"百村示范，千村整治"、村庄清洁"三大战役"、"卫生环境、生态河湖"专项治理行动，发起清除圩镇街道、房前屋后、村道巷道垃圾的围攻歼灭战。截至 2020 年底，全区完成了"三清三拆三整治"、农村生活垃圾无害化处理、"厕所革命"等民生项目工程，并实现了镇级污水处理厂全覆盖、无害化卫生户厕普及率 100%。

2019 年 7 月 31 日，时任河源市委书记丁红都又一次来到年丰村。日新月异的村貌，使丁红都看到了村干部队伍在干事创业中迸发出来的精气神。在调研了各个民生项目建设情况后，他对年丰村提出了更高要求："进一步加强基层党组织建设，从优秀青年、致富能手中发现和培养党员对象，不断充实基层组织力量；要充分发挥基层党组织战斗堡垒和党员先锋模范作用，提升群众幸福指数，通过发展解决好各类问题和矛盾纠纷；要借江东新区城市开发建设的东风，提升村庄的规划格局与文化内涵。"

一年时间咬牙背负压力奋力追赶，年丰村摘掉了戴在头上的"后进帽"。

美丽的花簪

2019 年国庆节过后，一列载有 30 多名江东新区各级干部的火车驶离了河源站台，它的目的地是中国四大药都之一的安徽亳州。经过近 20 小时的车程，一群人从岭南跨越长江与淮河来到北方。广东桂丰生态农业发展集团有限公司（下称桂丰公司）总经理李聪也跟随队伍马不停蹄地参观学习，走访了安徽中药材交易中心、部分中药材种植基地和新农村建设示范点。100 万亩的中药材种植，100 万的中药材行业从事人员，超过 100 个亿的年交易额……一个地级市的产业之大，超出了李聪的想象。李聪的感受也是其他队伍人员的感受，在回河源的路上，几个村干部开始摩拳擦掌，准备回去学亳州，大干一场。车轮吻合铁轨的咣当声，伴随着列车的行进一直在耳畔鸣响。车厢里，江东新区一位带队领导半闭着眼睛假寐，深垂的眼睑挂着一丝不易察见的疲惫。除了传统的古竹荔枝和新近几年培育的江东葡萄，江东新区并没有上规模的农业产业。产业振兴是乡村振兴的题中之义，为了抓产业发展，在前期调研的基础上，江东新区将目光投到了中药材种植上。新区开阔的丘陵山地适宜药材的生长，而药材种植零污染也符合绿色发展的定位，最重要的是，漫山草木绽放的姹紫嫣红，是大地结出的芬芳，它们呈现着万物生长的丰满、蓬勃和纯净，犹如惊鸿一瞥，会印刻在远离了村庄的人们的心上。通过中药材的规模种植，来打造一条集种植加工、集散交易、旅游观光的综合产业链。这个产业梦想要在江东新区开花结果，需要精准科学的设计，更需要全体新区农民的参与。与其说疲惫，不如说是近半年来不停的考察，让带队领导陷入一场场的头脑风暴而显得沉默寡言。必须每一步都走对，新区没有时间去输。不大的只有 30 个行政村的区域体量，新区早就下定了决心，要做河源乡村振兴的典范标杆。

在跃跃欲试的村干部中，并没有刘金辉，因为其他原因，他错过了去亳州的考察之旅。不过，后来的中药材种植，最为轰轰烈烈的却发生在年丰村。

从安徽亳州考察回来后，江东新区便启动了中药材种植示范基地（下称基地）的建设。当时，参与合作的桂丰公司的中药材种植区域主要集中在河源市东源县锡场镇，通过数年的育苗育种试验，适合河源地理环境的金丝皇菊、药用玫瑰等近 10 种南方药材的种植效益明显。基地建设的首要工作是土地集约流转。2019 年 12 月，在集合各个试点村召开动员大会后，一个全新的农业产业开始落子江东新区。

按照规划设计，基地建设先是在江东新区两个镇 9 个村连片铺开，以种植金丝皇菊、药用玫瑰和黄精为主。第一年为试点期，第二年视实际效益再选择是否扩大规模。在很多时候需要"看天吃饭"的农业产业建设中，江东新区走了一条非比寻常的路，举全区之力，为脆弱的农业提供强有力的保障：由新区直接控股七成，而负责技术管理与收购的桂丰公司只占收益的三成。"但我们还是愿意和新区去合作探索，乡村振兴让我们相信农村天地大有可为，刚开始哪怕刷个存在感也是值得的。等上下游产业链起来了，我们的发展版图应该不仅仅是江东新区……"一年后，中药材试种成功，面对采访，李聪说出了企业一直坚持的原因。

土地集约流转工作在古竹镇榴坑、蓼坑、水东、雅色 4 个试点村顺利进行。古竹镇位于江东新区西南部，离城区较远，利用丰富的山地资源种植中药材，可以使村民获得地租、务工收入和产业分红，从而受到村民的热烈欢迎。而临江镇的情形却正好相反，尤其是年丰村，共 1580 亩的种植基地，规划在年丰村的种植面积约 150 亩。这个数字不多也不少，算是年丰村拿得出的山坡輋地的上限。不过，村民一亩土地都不愿意拿出来。一顶花簪美丽而迷人，它戴在年丰村的头上，未来人们坐粤赣高铁出了河源站，远远地就能看到它。但村民不这么想，没人拿得出漫山花海的景象给他们看，他们不相信规划图纸里的丰收。他们指着矮灌丛星星点点的山野，对刘金辉说："我们村寸土寸金，租给基地，还不如种上几棵果树等征收呢！"技术员"一亩地收入三五千元"的话，更是被村民当笑话看。

基地建设万事开头难，而更为严峻的考验是，2020 年春天那场席卷全国的新冠肺炎疫情。腊月二十九返回湖南老家过年的李聪，在大年初三又赶回了河源。下了火车的第二天，他便直奔基地建设现场。"当时疫情形势严峻，再不回来，就可能回不来了。如果这个项目停了，我想，没人会受得了。"2021年，为响应国家疫情防控需要，李聪又留在了河源过年。"等于两年没回家。"在采访中，李聪自嘲道。就在最为艰难的2020年，这位双脚踩泥用学识服务农村的"80后"小伙子，被广东省农业农村厅授予"广东省农村乡土专家"。

万物复苏的春天，新冠肺炎疫情防控大网在各个村镇铺开，严密的防控组织下，大自然萌动的生机黯然失色。历经重重关卡核查，李聪和土地测量队的同事戴着口罩走在清冷的村道上，涌上心头的竟是一股萧瑟秋意。在其他试点村的土地测量流转工作完成后，年丰村的进展仍旧在原地转圈。常常是村民今天答应租地，第二天又反悔。一夜之间，被测量平整好的土地又种上了花生、黄豆等农作物。种了平整，平整了再种……年丰村的基地建设就在双方的拉锯战中一点点地推进，最终流转出约100亩的土地面积。在现场忙活的李聪，感受到了村民竖起的藩篱。设在年丰村的基地项目部是一座租借的农房，邻居是孩子都在外地工作的一位老人。见老人门口余坪长了草，李聪和同事便帮忙清理，他们还利用项目部的机械设备，在老人房屋旁边开设了一块菜地，砌好水渠、扎齐篱笆、撒上肥料，让老人轻轻松松地种菜。在其他村民眼里看来，李聪和同事的善意更多是"黄鼠狼给鸡拜年"的意味。直到金丝皇菊、药用玫瑰等药材种下后，众多村民被吸收进基地务工，家庭收入水涨船高，亲身感受了基地建设给生活带来的新变化，他们的态度才有了一百八十度的转弯。

受疫情影响，基地的药材种苗4月底才从安徽运送过来。2020年5月，基地完成了近1500亩的中药材种植。此时，距离药材最佳种植期已过去了两个多月。农业耕作无法违背天时，但种在山坡谷地上的大片药苗，仍让李聪长长地舒了口气。他决定带领同事在接下来的药苗生长期严加管护，以修补农时拖后带来的措手不及。

6月，一场席卷河源全市的洪灾不期而至。在"患难"中出生的基地又一次遭受严重打击。东江上游的枫树坝水库开闸泄洪，洪水从东江倒灌进柏埔河，由于地势较低，年丰村100多亩的药材几乎全军覆没。洪水吐着浑浊的水沫，一圈圈地翻卷而来。湍急的水流漩涡，吞没了已开枝散叶的药苗。江东新区农林水务部门以及临江镇农办的领导和基地人员一起在现场抗洪抢险，眼前情形令一帮人沉默而难受。有那么一刻，李聪甚至怀疑自己和同事的付出用错了地方，"觉得入错行了，很糟心。"在思绪片刻的翻江倒海之后，李聪把脸上的表情摆回到正常的状态。面对新区各级领导的关切问询，李聪不能反问不是农业专家的他们"怎么办"？"一定会想办法把损失补救回来！"他以自信的回答予以他们底气，心里比谁都明白，这个新区农业产业发展的"金母鸡"，寄托着无数人期待的目光。

洪水退后，基地立刻开展灾后复产，对受损的药材进行补种。种苗从安徽空运过来后，被接夜发放到了各个受灾村庄。30多个村民夜以继日忙碌了两天，年丰村在洪水中损毁的百亩药材，又以行行复行行的果苗排阵出现在人们的眼前。

2020年秋天，在克服疫情、洪灾等种种困难考验之后，江东新区1000多亩的药材基地迎来了首次丰收。漫山遍野绽放的金丝皇菊，犹如一夜之间给大地戴上了"黄金甲"。壮观的花海，吸引了如潮的人流。来赏花的人们，常常会问村民同一个问题，"这里什么时候变成花海的？"山巅的阳光掠过花海，优雅的花影映照在一张张游客的脸上，沉醉在美丽景象中的年丰村村民笑而不语。

采收金丝皇菊

　　鲜花采收后，以加工成干花的形式进行销售。当年，基地金丝皇菊等药材总销售额 800 多万元，盈利 200 多万元。此外，共吸纳当地劳动力达 1578 人次，带动村民 200 多户，人均增收近 2000 元，仅为村民发放工资就达 460 万元。2021 年，尝到甜头的村民纷纷主动要求加入药材种植，基地药材种植规模翻了一番。"基于管理条件等现实，我们选择了'压'下这股热情，步子不能一下迈得太快。"主管农林水务的一位新区领导在接受采访时，遗憾中无不自豪地说。

　　一年时间的磨砺之后，基地迈出了自主育苗、建设更大型现代化药材加工厂的步伐。"科学技术是第一生产力，农业生产更需科学技术保驾护航，来提高抗风险能力。在之前和河职院科研合作的基础上，我们计划跟华南农业大学、广东农科院合作，也准备去以色列等国家参观考察，吸收一些新技术回来。"对于基地的未来，李聪给出了这样的擘画。

2021 年春，在原来 100 亩的药材种植面积上，年丰村又扩种了 80 亩。"准备在山上种出个大大的'丰'字，人们来到江东新区，就能看到我们的鲜花书法杰作！"刘金辉说。通过基地规模种植，打造一条集种植加工、集散交易、旅游观光于一体的产业融合梦想，正一步步地走进现实。刘金辉相信，由中药材产业编织的锦绣画卷，必将成为推动包括年丰村在内的所有新区农村产业兴旺的蓬勃力量。

年丰村金丝皇菊种植基地

强大的力量

2020 年元旦，年丰村启用了新的党群服务中心，这栋三层楼的现代化办公大楼，耗资 300 多万元，花了近两年的建设时间。搬进新楼后，年丰村首先邀请了众多的外出乡贤到新楼参观。座谈会上，乡贤们对家乡的发展变化给予了高度评价，并表示将一如既往支持家乡建设。

从人居环境综合整治到村道扩建，再到雨污分流等工程建设，家乡跨出改变的每一步，年丰村"两委"都会与外出乡贤进行交流沟通，争取他们的支持。因靠近东江水路，年丰村有悠久的经商传统。在外闯荡的群体中，不乏商界成功人士，他们成为村庄推进乡村振兴的重要力量。

"邀请他们到党群服务中心来走走看看，是想让乡贤们了解年丰村的事业发展情况；也想借他们的肯定，来暖下大家的心。这些年来，大家干得太辛苦了。"刘金辉说。

2018 年，在时任河源市委书记丁红都到村里的一次调研中，刘金辉向丁红都和其他在场领导汇报了计划建设党群服务中心的想法。老村委楼是一座约 100 平方米的老楼房，办公条件简陋。在简短的汇报中，刘金辉的心里一直在打鼓：这不是帮扶单位的帮扶内容，也不涉及现有的乡村振兴项目，而是村委的自选动作。他曾私下和村民透露过这个想法，他们笑他是"痴人说梦"。

丁红都没有笑话这个"痴人"，在详细询问了村庄的工作思路后，说了句："选好址就尽快动工吧。"

年丰村"两委"将党群服务中心的建设地址放在了上店村的一方鱼塘上。这是上店村民小组的集体用地。为了统一大家的思想认识，支持党群服务中心建设，村委召开村民大会。面对"征用要给补偿"的要求，刘金辉摆事实讲道理："大家的意见合情合理，但现在建楼都没有钱，哪有钱给大家？支持村委工作也好，为村庄建设做贡献也好，这个问题不再讨论，请大家理解。"要求补偿的声音并未因大会小会的动员而平息，有时被村民缠得没办法，刘金辉只好说气话："党群服务中心属于村里的每一个人，你以为是建我家的房子吗？我也想要补偿呢！"

"有点'霸王硬上弓'的感觉，但是没办法，当时村里确实很困难。"在后来的采访中，刘金辉说。

为筹集建设资金，年丰村"两委"将外出乡贤的力量发动了起来。村干部跑遍了珠三角城市，上门拜访乡贤，与他们共同谋划村庄发展蓝图。一位在深圳的刘姓乡贤是刘金辉的童年好友，虽然远离了家乡，但通过刘金辉在电话里的频繁"吹风"，他对家乡发展建设了然于心。当村干部从另一个城市赶到他家住处商量好事情时，已是晚上9点。数天的拜访行程，一路辗转，疲惫挂在了每个村干部的脸上。刘姓乡贤热情邀请大家留宿一晚，第二天再返回河源，但被拒绝了。送刘金辉等人出门时，他拍了拍好友的肩膀，问了句："老兄，你们那么拼为了什么?"

"不想以后被人说，我们这班人做村干部时，年丰村的发展是最差的。"刘金辉干脆的回答，令好友放声大笑。后来，这位刘姓乡贤给予了年丰村党群服务中心建设最有力的支持，除了个人捐资20多万元外，还发动其他乡贤筹资40多万元。

在向社会力量"讨钱"的过程当中，有人找上门来，表示愿意出100多万元买下老村委楼，但被刘金辉一口拒绝了。生意人反问他："你们不是没钱建新楼吗?"

"再没钱也不卖!"

老村委楼紧挨着村小学，村"两委"已经决定把它作为学校的扩建空间，使孩子读书有一个更好的环境。

有了强大的乡贤力量，以及在江东新区和各级部门的大力支持下，年丰村党群服务中心顺利动工建设。在党群服务中心大楼竣工后，300多万元的建设款也随之全部结清。

2021年1月，年丰村迎来新一届村"两委"班子选举。两名年轻党员被选举进村党支部，接替了两位老委员的工作。其他村"两委"

班子成员全部高票当选连任。村庄发展变化带来的观感和幸福感，使村民深深地信任"无情"的刘金辉和其他村干部。"一年时间做了过去三年都做不了的事情。"一位老村干部私下评价道。

"非常感谢党的政策，让广大农村有了翻天覆地的变化；也非常感谢河源市各级领导，如果没有他们的指导督促，一个软弱涣散的村党支，是支撑不起为村庄服务的建设大局的。正是党组织这个强大的后盾，使我们增强了责任意识，敢于担当作为，带领村民去实现乡村振兴的美好蓝图。"回顾这些年的奋斗历程，刘金辉感慨良多。

永不撤离的工作队

春寒料峭，禾坑村已一派茵绿。细密的菜苗将空旷的田野切割成纵横交错的棋盘。风从四周的山谷吹来，棋盘的青碧里，便摇曳出苏醒的大地气息。两个大小不一的山间谷地，拼接出禾坑村葫芦状的地貌。这个距离河源市区 20 多公里的村庄，山高林密峰峦叠嶂，过去是东江纵队的活动根据地之一。今天，良好的生态环境，使禾坑村成为河源市区重要的"菜篮子"。口感清甜的"禾坑蔬菜"，是备受人们欢迎的蔬菜上品。

从村口进来，经过一片开阔的谷地，便到达了位于"葫芦口"上的禾坑村党群服务中心。2018 年 5 月，驻村扶贫工作队队长——江东新区农林水务局的赖伟峰就是按照葫芦的走向来到村庄。一家卖腊味熟食的小吃店扼守村口，后来，小吃店就成了赖伟峰的"四季食堂"。脱贫攻坚任务圆满完成后，2021 年上半年，赖伟峰继续驻守村庄。这时，他已经可以直接拔拉田里的"禾坑蔬菜"叫小吃店老板开小灶了。奋斗了数年的村庄，已和他的家乡没什么两样。

村庄与少年

每周五中午放学，禾坑小学的孩子都会涌进与学校只有一墙之隔的禾坑村党群服务中心。一楼的妇女儿童之家，是孩子们最喜欢的课外乐园。他们围绕着长长的书屋走廊，挑选着自己喜爱的图书。在一帮孩子中间做引导工作的刘焦红，总会忙得脱不了身。她"发明"的借书办法是一种特别的自助：由孩子们自主选择借书和还书日期。自妇儿之家开放以来，孩子们遵照着这个简单的约定，从没有出过疏漏。唯一的一次例外，是在一个周末，党群服务中心大门紧锁，一个孩子准时地将书和玩具归还在了门外。

乡村孩子对于知识的渴望，常常感动着刘焦红。在不忙的时候，她会带着孩子们一起阅读、玩游戏。孩子们管她叫老师，在萦绕琅琅书声的温馨时光里，会有稚嫩的声音怯怯地问："你可不可做我们的妈妈？"孩子们的父母大多在江对岸的河源高新区上班，晚上才能见上一面。在他们天真的心里，陪伴在身边的刘焦红和妈妈没什么两样。

作为村妇幼专干，刘焦红做的每一项工作，更多是代表着"组织"。她和其他村干部用温情落实着各项制度和保障，这也是国家关爱下一代在最基层的工作形貌。2019 年，在对口帮扶城市深圳市的大力支持下，江东新区率先在河源探索新时期发挥农村妇联和妇女作用，助推脱贫攻坚和乡村振兴的新路子。其中一个内容是加强基层妇联执委的履职管理，为基层村庄 338 名妇联执委每月发放津贴 200 元。除此之外，还在每个村建设了"妇联工作室""妇女儿童之家"等活动场所。禾坑村"妇女儿童之家"成立后，在江东新区、临江镇等各级妇联组织的帮助下，软硬件条件也有了质的飞跃，充实进了一大批儿童书籍、益智类玩具和文体器械。

如果说，社会环境是孩子们成长的外围空气，那么，学校就是孩子们成长的摇篮。

驻村后，赖伟峰首先关注的就是村庄的教育。虽然就那么几十个孩子，但每天放学后，孩子们都会在老师的口令指挥下整齐划一地排队，有序地离校。一天中午，在孩子们排队放学的间隙，赖伟峰溜进学校。校长姓罗，是禾坑村罗屋人，从青丝到白发，他目送了一代又一代孩子的毕业成长。他认得眼前闯入的陌生人是驻村工作队队长，用一句"子曰"回答了赖伟峰眼里的疑问。

"不学礼，无以立。"

"博学于文，约之以礼，亦可以弗畔矣夫！"

两人会心而笑，罗校长热情地邀请赖伟峰吃午饭。学校后山修竹茂林，蝉鸣和午后的阳光一样，有着令人目眩的热烈。就着蝉鸣和几盘农家小炒，两人边吃边谈。在罗校长的言语中，赖伟峰很快在脑中勾勒出一副禾坑小学的模样。9位老师，90多个学生，师生人数是学校设立以来最稳定的状态。过去，因村庄寥落，大多孩子被父母带到城镇上学。国家精准扶贫与乡村振兴战略实施之后，除了学生回流，还有年轻的优秀教师加入。一直守着学校的罗校长，在起伏的光阴里感知了一条关于农村建设走向的温度线。今天乡村教育的三尺讲台，比任何一个时期都宽广和夺目。

驻村之前，赖伟峰曾担任过紫金县古竹中学教导处主任。对于教学理念的探讨，罗校长和他几乎有着一样的共识："培养孩子良好的兴趣和习惯，比分数更重要。""学生人数基数小，更容易提高教学质量。"离开时，赖伟峰向罗校长许下约定，工作队会尽力帮助学校更好地发展。

2018 年 9 月，禾坑村奖教奖学大会在村党群服务中心如期召开。从办公经费中挤出有限的资金来奖教奖学的传统，在禾坑村已经延续多年。2000 人左右的村庄，有 6 个孩子考上大学，其中重点本科 2 人；4 个孩子考上重点高中；而在全区公立学校六年级统考中，禾坑小学名列第一，辉煌的教育成绩轰动了整个村庄。也就是从那一年起，禾坑村教育事业迎来了发展的高光时刻。在接下来的数年时间里，在江东新区统一的教育配套投入和驻村工作队的努力下，禾坑村小学的硬件得到进一步完善，操场铺上了塑胶跑道，并有了多媒体教室。而教育帮扶政策的落实，则使禾坑村许多困难家庭的孩子，顺利地完成了高中和大学学业。

一代又一代人从禾坑小学走出，当年播撒的知识火种，多年之后，成了建设禾坑村的重要力量。他们当中，有父子二代，亦有新老村干部梯队。乡村人才的振兴，首先有赖于乡村教育的振兴。赖伟峰懂得，两鬓斑白的罗校长懂得。

长大后我就成了你

2021 年 1 月，禾坑村举行新一届村"两委"选举，刘志堂等 6 名年轻人全票当选为村民委员会委员。除去其中的一名预备党员外，他们又全票当选为村党支部委员。加上 3 个"90 后"大学生，平均年龄 35 岁，全新的村干部队伍，是禾坑村对基层党组织和人才队伍建设的大胆创新与探索。

2016 年，时任禾坑村支部书记、村委会主任刘运才，曾拿着调查表"偷偷"地对全村的大学生情况进行摸查。国家脱贫攻坚战役，开启了新时代加快农村发展的篇章。脱贫攻坚以及后来与之相衔接的乡村振兴战略，作为改善农民生活、实现全社会共同富裕的历史任务，使农村工作更为系统全面，挑战性也更大。村"两委"干部年龄结构偏大，知识层次较低，面对轰轰烈烈的农村建设热潮，急需有能力的年轻人充实到队伍当中。在区、镇挂点领导和驻村工作队的指导下，禾坑村"两委"开始狠下"磨刀"功夫——开展本土优秀人才"回引计划"。

从茂名建筑职业技术学院毕业，在外面做了 3 年建筑管理工作后，刘志堂决定返回家乡禾坑村。各类建筑装饰着城市，铺设出城市周到的便利与舒适。怀揣建筑学识，刘志堂觉得自己更应该去装扮自己的家乡。不过，回到禾坑村的他还没来得及舒展拳脚，就被聘进了村委会。各类电脑台账的录入、手机移动终端平台的信息化管理，对于年龄偏大的村"两委"干部来说，是一项艰难的挑战，而对于刘志堂来说，却可以手到擒来。虽然电脑信息员的工作与自己的专业相差十万八千里，面对刘运才的真诚邀请，刘志堂仍旧选择了庄重地点头。

在村委会工作 3 年后，又有一位年轻大学生加入禾坑村委会。动员这名出生于 1996 年叫罗思敏的女孩回乡，并未让刘运才大费周折。村庄急需年轻人才，罗思敏积极主动回来，双方不谋而合。到村委会上班前，刘运才给罗思敏"打预防针"。刚从东莞回来的她，被长年的办公室时光捂得肌肤雪白，身上穿着飞扬的裙子，四叶草项链在脖领上闪闪发光。

"农村不比城市，在这里工作会遇到很多新情况和新问题，会很辛苦。"

"在哪里工作都会有辛苦，但只要是我认准的方向，是喜欢的工作，我会努力克服。"罗思敏把话答得干脆利落，刘运才咽下了后面要说的话。村里能来一个大学生不容易，他适可而止，赶紧结束了"组织谈话"。差不多两年后，面对采访，罗思敏才剖白了自己当初回来的心路。在外工作时，她常常通过"腾讯为村"等网络平台关注家乡的动态。党员干部手擎红色旗帜进行清洁卫生、敬老孝亲的行动照片，总令她热血沸腾，遂萌生了加入村庄建设队伍的想法。父母大力支持，没有后顾之忧，她干脆利落地辞去了在城市的高薪工作。2019 年 9 月，罗思敏被聘为禾坑村电脑信息员，接替刘志堂的工作。而在回乡之前，罗思敏的入党申请书比她本人更早抵达了禾坑村党支部。经历一年多的考察锻炼，目前已经是一名预备党员。

对于步入自己"后尘"的同龄人罗思敏，刘志堂一点都不觉得意外。加入村委会后，几乎没有什么事情动摇过刘志堂"杵"在工作岗位上的信念。脱贫攻坚和乡村振兴工作任务繁重，手头承担的普通村务也同样冗长。仅仅是宅基地建设或搭建附属建筑这一项村民诉求，就需要在村、镇两头数次"跑腿"。为节省村民的时间，刘志堂帮助村民拟写申请，统一代送到镇农办、经济办、国土等部门审批，再陪同执法队进行现场核定，全程跟踪办结流程。无论是当初的建筑理想，还是如今的主动跑腿，都是为了实现服务家乡的追求。怀着这样的信念，"跑腿哥"刘志堂成天乐呵呵的，没有在忙碌中表现过任何退缩。上大学第一年，刘志堂就递交了入党申请书，大三那年，他成为了一名共产党员。"喜欢看为国争光的奥运会那些场面，每当听到国歌响起，就会心潮澎湃！"少年时代成长于罗校长的教鞭下，强烈的爱国情结，使刘志堂有着成熟的心智和对人生道路的清晰选择。一次，禾坑村党支部把开展党员干部学习教育活动的地点放在江东新区"慈航航空"展厅。厅内陈列的共轴反桨直升机等飞机模型，仅是"慈航航空"发展的冰山一角。建设通用机场、制造共轴反桨直升机，才是"慈航航空"的核心目标。曾经的童年，仰头见到一架飞机都是难得的奢望。而今在家门口，不仅可以看飞机，还可以造飞机！今昔对比的强烈，如闪电击过，翻腾起刘志堂心里的惊涛骇浪。"那一刻的触动太大了。"在采访中，刘志堂感慨地说，"学习参观回来，感觉自己一下子长大了。一代代人的努力才创造了国家今天的样子，我们要接过接力棒继续奔跑。"

在刘志堂和其他村干部的指导帮助下，罗思敏很快熟悉了全新的工作。村民给端坐于大厅一角、面带笑容、说话和气的罗思敏送了一个绰号：不会发脾气的"娃娃"。虽然长在禾坑，但外出读书后与家乡的关系其实是疏离的。繁重庞杂的农村基层工作，曾一度让罗思敏想到逃走。在全民抗击新冠肺炎疫情的 2020 年春天，她和同事在工作岗位上坚守了 3 个月，没休息过一天；在脱贫攻坚成果与乡村振兴相衔接的 2021 年开年，她和同事在工作岗位上又坚守了 3 个月。逛街购物、喝茶看戏、旅游行走……所有女孩子对于人生繁华的沉醉，都不会存在于农村基层生活中。当年轻的虚荣升起，需要刻苦地去抵制时，罗思敏就会想起自己曾经说过的斩钉截铁的话。两种情绪交织在一起，拉扯到最

禾坑村"两委"干部和村民代表合影

后，便是躲在人后的落落寡欢。2020年春天抗疫期间，是罗思敏逃离念头最强烈的时候。疫情影响下的村庄，村民的生活秩序被打乱，不过，经由新区部署和村"两委"努力，很快又恢复如常。罗思敏和同事身先士卒进行疫情隐患排查、为失业者提供贷款延期的相关证明、为贫困户发放疫情补贴……舍弃自我的得到，远远高于物质的量化。村庄需要自己——个人价值的凸显，使罗思敏最终决定留在村庄。

在刘志堂、罗思敏之后，毕业于广东轻工业学校的邓健韬也被聘请进禾坑村委会。在禾坑村"两委"积极应对农村建设人才挑战时，村民也用他们雪亮的眼睛，为未来带领大家进行乡村振兴建设的人选打分。2021年新一届村"两委"班子选举，3名临聘的年轻大学生被村民满票选进村民委员会。而其他3名新当选的村干部也都是年轻的"80后"，其中还有一位是退伍军人。

"干劲很足，风貌也很好。因为我们都很年轻。"2021年3月，面对采访，谈起上任数个月以来的感想，双坑村支部书记、村委会主任刘志堂说道。对于未来的憧憬，他说了这样一番话："让基层干部队伍向'服务型''人才型'转变，为乡村振兴提供重要支撑，于我们，是全新的开始；于禾坑村，也是全新的开始。"

明天会更好

禾坑村村委楼的背后是一座小山坡，坡度浅缓的弯道上，簇簇翠竹挺立，竹竿上的白色屑斑置身于一片青碧中，显得耀眼而特别。翠竹拥抱的坡腰处是一座纪念碑，碑座上刻有抗日战争和解放战争时期参加革命的26位禾坑籍战士的芳名。这座在20世纪80年代由禾坑村全体村民自发建起的纪念碑，因为"村级"的规格而显得籍籍无名。不过，这座"村级"纪念碑也恰恰证明了禾坑村在革命战争年代的风云激荡。

禾坑村自然村"小禾坑",隐藏于深山茂林中。因地理位置偏僻,山势险峻易守难攻,小禾坑成为革命年代开展农民运动和武装斗争的天然掩体。这个只有10多户村民的小山村,是东江纵队的革命活动根据地之一,同时也是抗击日军的山村前哨阵地。至今,小禾坑仍保留有当年红军和东江纵队修筑的石板桥、参战指挥部哨所、作战壕沟等遗址以及战士使用过的木床、木桌、木凳等物品。

讲好红色故事,传承红色基因。禾坑村推进乡村振兴的一项重要工作,便是挖掘传承村庄红色历史,探索一条以"红色禾坑"为主题的农旅融合发展道路。

在新区挂点领导和驻村工作队的大力支持下,正在规划建设的禾坑村红色休闲纪念园,占地面积 1.5 万平方米。纪念园以纪念碑为中心,依照山坡走势来打造村庄的红色地标。它由村民文体活动广场、红色历史展馆以及纪念碑宣传墙三部分构成。作为临江镇首个红色文化教育基地,禾坑村纪念园建成后,不仅能进一步完善村庄的公共基础设施,也将和周边的桂林村、胜利村等"明星村"串联一起,组成阵容强大的江东新区郊区旅游景点。

"未来,一定会有更好的气象!"村党群服务中心前面开阔的谷地上,一望无垠的绿色在春风里伸展。刘志堂和同事远眺前方的碧绿,对我们说的话,更像是他们对自己的承诺。

甜甜的水东

　　葱郁的荔枝林如水墨画里的团团妆色，洇染出数公里的绿色长廊。水东，江东新区东江水岸线上一个美丽的村庄。它所在的古竹镇以及与它一衣带水的埔前镇，是河源唯一的荔枝产地。从 20 世纪 80 年代起，水东村家家户户种植荔枝，水东荔枝闻名遐迩。后因荔枝产量增多价格下落，水东荔枝在河源周边地区的垄断地位才被打破。从水果神坛走下来的水东村，褪去了漫山红荔的光华。那些数十年甚至数百年的荔枝林，难再发挥经济作物的优势，被村民疏于管理，渐渐长成一种散淡的景致。果实收获季节，人们任由荔果鲜红满树红霞而懒得采摘，1000多人口的村庄，村民大多在外发展。曾经"阔"过又复归平淡的水东村，在国家实施乡村振兴战略后，按照上级的部署，扎实行动，在每次重大工作任务面前，都有着优异的表现。作为区、镇领导眼里的"好学生"，水东村有着它自己的执念，那就是借乡村振兴的东风，不放过任何一个"出列"的机会。

"穷孩子"的出列战

2018 年，国家乡村振兴战略启动实施元年，来自河源市社保局江东新区分局的肖贵平作为扶贫与乡村振兴工作队队长被派驻到水东村。初来乍到的肖贵平，在一帮村干部当中显得年轻而腼腆。为了更好地融入村庄，他学会了当地村民所说的区别于客家话的语言——闽南语。勤快、好学，驻村两年多后，肖贵平仍旧保持着村民眼里的"小年轻"形象。不过，在对全新的农村工作了然于心后，他对工作的完美追求同样也显而易见。

2021 年春天，为了迎接广东省乡村振兴实绩考核检查（下称省检），江东新区各个乡村都铆足了劲。在此之前，水东村主动向古竹镇请缨，希望能成为迎检的"战场"。在省检之前，江东新区对辖区农村的发展建设进行了一次自我检测。在检查组来到水东村的那一天，偏偏出了个大岔子。为了备春耕，有村民悄悄地在荔枝林里焚烧落叶，滚滚浓烟让检查人员大笔一挥，在有着详细分值计算的考核系统中，水东村失分严重。对于这份考砸了的卷子，着急的除了肖贵平，还有一个叫李剑锋的人。从 2007 年开始挂点驻村算起，李剑锋已做了 10 多年的驻村干部。他比肖贵平早两年挂钩水东村，身份是古竹镇纪委书记。在决胜全面小康后，为继续巩固脱贫攻坚成果和推进乡村振兴，2021 年，古竹镇在原来的基础上，又加派了两名镇干部挂点水东村。作为古竹镇的主要领导成员，李剑锋的挂点任务则更加繁重，除了水东村，还挂点镇内其他 3 个村庄。改善农村人居环境，是乡村振兴工作最为基础和重要的一环。它涵盖"三清三拆三整治""厕所革命""污水处理""房前屋后卫生环境清洁""四小园"建设等众多内容，每一处细节看似平淡无奇，其实需要大费周章。在"焚烧事件"发生后，没盯好"责任田"的包片干部被肖贵平和李剑锋严肃批评。"比村干部更操心，用更开阔的视野带着大家走。"水东村村支书、村委会主任陈新伟这样形容两位驻村干部。见多了他们"黑脸"批人的场景，陈新伟学到了一样东西，那就是照搬他们那一套工作方法：严于律己，再要求他人。时间久了，便带出了一支能吃苦、能战斗的村干部队伍。

在农村人居环境综合整治中，李剑锋心中有一个清晰的"地盘"。村庄公共卫生区域、村干部和多数村民的家居环境，可以忽略不计，攻坚克难的重点在于少数村民。这样划拉下来，工作便有了轻重缓急和目标方向。在李剑锋的"地盘"理念灌输下，一帮村干部既是管理者又是带头参与者，成为冲在最前面的先进榜样。"自己都做不好，带不好头，怎么去做群众的工作呢？"这是李剑锋在大会小会上强调最多的一句话。肖贵平记得自己刚驻村时，和李剑锋一起下队入户，李剑锋在和村民说说笑笑之间就把工作完成了。而和其他村干部下队，免不了要耍嘴皮功夫，甚至是三番五次上门都得不到村民的理解支持。总结出这里头的精奥后，再次下乡，肖贵平便"动手不动口"，学着李剑锋拿起锄头、铲子等劳动工具赤膊上阵，默默带头，做出标准给村民参照，渐渐地也成了做群众工作的行家里手。

在荔枝产业衰落后，没了产业支撑的水东村集体经济收入贫乏。2018年，算上入股河源市两个产业园的分红和部分地租，村集体经济收入只有6.9万元。经济捉襟见肘，要在改善村庄基础设施、提升村居环境中有所作为，犹如田螺肚里做道场。乡村振兴的东风，却让"穷孩子"水东村在区、镇部署的工作行动中，开辟出了让村庄发展向好的表现舞台。

在"三清三拆三整治"行动中，水东村清拆整治危旧、脏乱差区域面积1.5万平方米，是全镇最早完成清拆任务的村庄。清拆的做法，仍旧是以李剑锋的"地盘"理论为指导。在前期调查走访的基础上，定下清拆工作方案，由肖贵平从中担任统筹，发挥文字优势，对每一处需要清拆整治的现场进行拍照，再写出"整治哪里，怎么整治"的流程办法，分配给包片干部跟踪落实。对于不配合的部分村民，村委采取的不是一刀切，而是因地制宜、因材施教。在做村民思想工作的过程中，村干部发现，有一户村民家里的简易砖棚上的石棉瓦破旧不堪，存在较大的安全隐患。但如果清拆掉，村民就没有堆放柴火的地方。考虑到村民的家庭经济状况，在经过开会协商后，水东村决定由村集体出钱帮助村民修缮屋顶，盖上全新的陶土瓦面，既解决了安全问题，又解决了形象问题。有力度，更有温度，这样的工作方式，使水东村的"三清三拆三整治"工作顺利进行。

村民房前屋后卫生是人居环境整治的重点。区别于其他村庄，水东村有数千亩的荔枝林。如果将目光穿过诗情画意的景致，聚焦于一帧帧的细节，就会发现茂盛的林木更容易藏污纳垢。林下，枯枝腐叶混杂着家禽粪便，臭气熏天，蚊虫成群。清洁行动在水东村开展后，结果却是良莠不齐。虽然村民积极参与，却因各自卫生标准不一，而有了不一样的卫生面貌。面对这种情况，陈新伟和其他村干部采取更多的是"随顺"的态度。李剑锋心里明白，要一下子扭转村庄传统的卫生习惯，并不是件容易的事情。他的做法是，带上肖贵平，一户一户地走，一户一户地示范，亲自动手码放荔枝柴木、钻进荔枝林清理各类垃圾、修补破烂的禽圈铁丝网和围栏……因为镇里和村里的工作需要两头兼顾，李剑锋不得不挪用中午或晚上的下班时间，在有限的时间里争分夺秒，坚持按照最高标准做好卫生清洁示范工作。这样"孤军深入"的次数多了，李剑锋不仅改变了村干部和村民"隔岸观火"的态度，也立下了要求高、标准严的威信。"现在，我们大家都知道了，工作的标准没有随顺，只有严格。"2021年4月，在"三月红"荔枝成熟的季节，面对采访，陈新伟说出了心里话："只有严格要求，村庄才有更好的发展。剑锋书记是我们的'标杆'，每次开展重大的行动任务，他就是我们的'定心丸'。"

2019年9月，水东村启动了提升村庄人居环境的"四小园"建设。在有限的工作经费里，如何装扮好村庄面貌？一帮村干部冥思苦想，最终决定抓大放小，以点带面。他们抓住水东村是荔枝之乡的特色，深入挖掘放大以农耕为主打的荔枝之乡文化。在穿村而过的临（江）古（竹）公路两旁设计古意十足的村牌，并塑造了一组摘荔枝的农业活动雕刻：荔枝胭红点点，树下有孩子赤足奔跑，或有农人仰头，正对着一树的荔枝伸手采撷……动静结合，虚实相间，栩栩如生描绘出了水东村最突出的人文特色。水东村还选择了部分村民小组作为"四小园"试点，充分发挥村民的主观能动性，依照各自房屋庭院的特点，去打造妙趣横生的菜园、花园、果园和公园。"本来还想打造一些具有明清庭院风格的小花园，但囿于经费的原因，只能作最基础的建设，以整洁、有序为目标。"肖贵平说。即使只是进行最基础的建设，"四小园"活动仍旧点石成金，将水东村的面貌提升了一个档次。那些没有作为试点的村民小组，开始频繁找到村委，要求"四小园"活动也要在他们村里进行，肖贵平不得不一遍遍地做着"一步步来"的解释。沿着临古公路两旁，水东村还喷绘了一幅幅美丽的墙画。在车来车往的公路旁，肖贵平和其他村干部不厌其烦地和设计人员沟通，有时争论急了，他会听到李剑锋自说自话："如果我有时间，哪轮得到你们来设计，自己就动手了。"一番话，令在场的设计人员哭笑不得。

2021 年农历元宵节过后，陈新伟因病住进了河源市人民医院。半个月的手术治疗时间，恰好是省检的关键时刻。一帮同事给予了陈新伟温暖的鼓励，陈新伟并没有多说什么，但同事都已经默契地知晓了他的交代。对于工作安排，陈新伟有着十足的淡定。"只要李剑锋书记在，不用我说，他们都知道怎么做。"事后，陈新伟道出了自己淡定的缘由。

省检最终选择了河源市紫金县的数个村庄，和进行了充分准备希望再次"出列"的水东村擦肩而过。那半个月时间，李剑锋和村干部一起日夜蹲守在村庄。"可以说，做到了 360 度无死角。"肖贵平介绍当时的情况说，"其实我们平时也保持了这样的状态。这也是李剑锋书记'地盘'理念的底气。为什么公共区域的卫生可以忽略不计？因为我们有常态的保洁，重点是村民能做到不乱扔垃圾，保洁员想扫垃圾都没得扫……"在采访中，肖贵平还说了个有意思的细节，经常有村干部跑到临古公路翘首以盼，想着检查组能进村来检查，看看水东村美丽的模样。

"三清三拆三整治""卫生清洁""四小园"建设、迎检……借乡村振兴东风和上级统一行动部署的经费投入，水东村使出各种办法和招式，不仅使村庄人居环境各种问题迎刃而解，还有了良好的发展新貌。因完美出列，水东村多次获得过区、镇的奖励。

荔枝村的产业梦

省检过后，由河源市乡村振兴局（时为河源市扶贫工作局）和河源广播电视台主办的河源乡村振兴擂台赛启幕。芳菲不减的晚春时节，大赛摄制组走进了水东村。"村民的房屋建得不是最新最好的，却非常干净整洁。"摄制组主持人胡琼对水东村印象深刻。按照擂台赛的规则，在走访完村庄各项乡村振兴建设现场后，李剑锋带胡琼来到一片荔枝林下。古荔树虬枝参天，在李剑锋的指引下，摄制组的镜头对准的不是繁茂的荔林苍穹，而是林下一片覆盖着塑料薄膜的土地。

2020年，为了让辖区广大农村有产业支撑，奠定"农业强农村美农民富"的坚实基础，江东新区在临江和古竹两镇连片打造千亩南方药材种植基地，发展集种植研发、加工销售、观光旅游于一体的三产融合链条。种植的药材主打金丝皇菊和药用玫瑰，结合水东村特殊的荔枝林环境，基地特别将黄精药材种植项目放在了水东村。

产业，曾是水东村孜孜以求的梦想。从2016年挂点水东村后，李剑锋曾和村干部一起，对接续村庄曾经辉煌的荔枝产业做过无数次的尝试。老树新接、发展荔枝菌种植……前者因荔枝价格市场低迷，始终激发不起村民的热情；而后者因为技术不成熟的原因，被迫放弃。2019年，水东村对外出租的村集体荔枝林租期到期，水东村"两委"干脆利落地收回了荔枝林的所有权。在当时，收归荔枝林意味着还要增加管理成本，但李剑锋坚定地认为，有了村集体荔枝林这一平台，终将会有利于村庄产业梦想的落地。虽然他并不知道这个未来的产业梦想是什么。这块被收归的村集体土地，除了荔枝林，还包括了3座丘陵小山。很快，它们成为了水东村进行村庄建设发展的大舞台。2020年春天，水东村在村集体荔枝林种下了130亩的黄精。黄精形似生姜，有补肾强身的功效，喜在阴凉潮湿的环境下生长，3年为一个收成期。黄精的特性非常适合水东村发展林下经济。在江东新区中药材基地建设初期，水东村是最为热烈响应的一个村庄，多年对产业梦想的渴望，最终以这种两全其美的办法照进现实。

黄精种植项目落户水东村后，虽然收获期还要等到 3 年之后，没法估算产业带给村庄的经济效益，但荔枝林修剪、培土种植、浇水除草等日常管理工作，已经为村民提供了众多的工作岗位，带来可观的务工收入。

在做村支书和村主任之前，陈新伟是水东村有名的"甘蔗王"，耕种了 100 多亩的甘蔗，种植地盘甚至扩大到了附近其他村庄和乡镇。以自身丰富的农业种植经验，和基地技术人员一起参与黄精种植与管护，陈新伟成为在黄精种植基地走动最频繁的一个人，而另外一个人，便是李剑锋。在从古竹镇政府下班回家的路上，只要时间充裕，他总会停下车去黄精种植基地走走看看。塑料薄膜下的土地静止如迷蒙洪荒，他不知道地底下的黄精有着怎样的生长和造化，习惯性的探视不过是一种焦虑和渴望。这片荔枝林木遮蔽的土地，寄托的是一个村庄遥想多年的产业梦想。"群众所有的眼睛都盯着它，如果种植成功了，水东村有 3000 多亩的荔枝林，都可以种上黄精，按一亩 8000 元的产值，这将是一笔大收入。而且还可以结合城郊型农村的定位开发农旅，实现三产融合发展，对村集体经济较为薄弱的水东来说，它太重要了。"

在乡村振兴大擂台摄制组的镜头下，历经一年生长的黄精，已开出了单薄的叶子。李剑锋对主持人胡琼娓娓而谈的，正是上述一番后来对着我们采访时讲的话。节目最后的环节，是由 3 位区、镇、村干部对着镜头，一起简要介绍水东村。刚刚康复出院回家的陈新伟，身体消瘦了近 10 斤，因处于休养状态而无法参与现场录制。静待一旁的他，看着摆手势为水东村打 CALL 的李剑锋等人，眼睛忍不住湿润了。

"不计得失，不讲回报，全身心投入到村庄的建设中。这里的每一户人家、每一位村民、一草一木，他都熟悉……"陈新伟在采访中感叹道。

水东村黄精种植基地

甜甜的水东

水东村谋划的一盘规划大棋，最早是在上一届村"两委"班子在任的时候。2016年，李剑锋挂钩水东村；2018年，肖贵平被派驻到水东村。两名驻村干部的加入，加快了水东村规划大棋从谋划到落地的速度。这盘规划大棋叫"两红一堤一道一园"，即深挖水东村的红荔文化、红色文化，依托东江水岸线和临古大道建设，融合江东新区发展，打造一道景观堤廊、一座文体公园。

古竹镇是有着悠久革命传统的革命老区。早在1927年，英勇的古竹农军和其他各路农军一道，攻下紫金县城，建立了全国第一批县级红色革命政权。东江纵队、广东青年抗日先锋队、中共东江特委、中共东江后方特别委员会（简称后东特委）都曾在古竹大地开展过革命活动。1943 年，中共粤北省委被敌人破坏后，为保存革命实力，中共后东特委从龙川县老隆镇迁至水东村。在一座被称为三巷屋的砖瓦平房里，后东特委书记梁威林等人依靠水东村良好的群众基础，继续领导革命活动，以办农场、开榨油坊作为掩护，开展党的地下工作。时逢大旱，为解决民众饮水问题，梁威林等人发动农场人员在水东村村民——紫金抗日自卫大队长陈果家中，挖掘了一口水井。水井平沿深底，由条石砌筑，水质清冽，至今仍泉涌如流，被村民亲切地称为"抗日井"。

活化利用后东特委旧址、抗日井等革命遗址，讲好红色故事，传承红色基因，水东村规划蓝图中"一红"建设，目前正在着手前期准备。而水东文体公园则正在建设当中。它依托村庄后山的自然地形，呈现出一座微型的河源"梧桐山"。山上修林茂竹，长亭倚月，小径迤逦。每当太阳余晖在山尖燃烧，远处的东江便会完整地映照出一幕落日熔金。山下的文体广场，铺设有五人足球赛场和田径跑道，村民广场舞的热闹是宽敞公园的另一道音符，和着江涛拍岸和漫山天籁，鸣奏出水东村美好的生活乐曲。在一张张笑靥里，有老人家向李剑锋骄傲地说：做梦都没想到家门口会有那么好的公园，让自己和老伴还可以"拍拍老拖"。

2021 年夏天，在充分调研的基础上，江东新区古竹镇连片打造美丽乡村的规划蓝图正式出炉。它结合镇内各个村庄的自然禀赋，以"一片一带"串联起全镇的山水风情。一片即"一片金山银山越王山"；而一带则是指"东江水岸绿廊带"，以临古公路景观大道和东江绿道串联水东、槎岭、四围、新围 4 个村庄。在这份美好的规划蓝图中，水东村的定位是"甜甜的水东"，通过整合周边村庄的荔枝林，来打造荔枝休闲观光农业产业，对外呈现一个荔枝文化之乡。由江东新区主导的规划大手笔，使水东村的未来创造由"散兵游勇"变成实力更强的正规军，在乡村振兴的道路上迈出更坚实的步伐。

清新初夏，水东村"三月红"荔枝已在枝头成熟。荔枝树下，三三两两的村民支起小摊子，对着临古公路上的行人进行售卖。李剑锋和陈新伟偶尔在浓荫下走过，会被村民盛情邀请吃荔枝。剥去青红的果壳，莹白果实蕴含的甘甜，化去了一路走过的艰辛不易，让李剑锋和陈新伟相信，那是甜甜的水东幸福的味道。

第三章

❖

美 丽 家 园

东江古埠，源远流长。

———————————— 临 江 镇 ————————————

联新狮舞：一出传奇续诗礼

在临江镇联新村，73 岁的邓天苟收了一帮徒弟，带出了 3 个狮舞班，但他仍是势单力薄的"师傅头"，没有名号，没有同门。如果真要说出个所以然，那便是横空出世的联新狮舞是他孤身一人缔造的传奇。

2003 年，临江镇桂林村的一帮后生几经周折打听，终于找到了帮助他们实现心愿的人。庸常的见面，没有礼拜叩首和训格之言，在杯酒言欢之后，一个人接下了一桩倒贴的买卖。此后一年，他披星戴月，每天往返于家和桂林村之间。桂林村历史悠久，人口众多，每逢年节，偌大的一个村庄，却拿不出一个像样的节目。为刷新村庄"不像样"的观感，争个脸光，一帮后生决定拜师学艺，他们的师傅便是邓天苟。

学艺一年后，一帮后生舞着一头狮子，威风凛凛地从桂林村走向临江圩。七星锣鼓的鼓点对应着狮子的腾跃，拉开了桂林村狮舞诞生的序幕。徒弟出师后，邓天苟重又隐于人群。将起承转合如行云流水的狮舞毫无保留地传授于人，无问西东。50 多年前，邓天苟的师父也是这样将狮舞毫无保留地传授给他，无问西东。

陕西省武功县，倪家锅盔饼称誉于世。20 世纪 60 年代，邓天苟从南方来到这片渭河川塬时，迎接他的，除了锅盔的香气，还有铿锵的狮舞锣鼓。邓天苟入伍的是解放军空军工程兵部队，兵营与一家武馆相隔不远。当兵 5 年，邓天苟将 4 年的休息时光都花在了泡武馆上。做一个战士并非最优秀的，但做一个手艺人，邓天苟绝对算得上天资聪颖。当兵之前，他是村文艺宣传队队员，对秦琴、梆子、二胡和锣鼓无师自通，每天在嘀嘀嗒嗒咿咿呀呀的乐器声中和伙伴们一起排演山歌剧，宣传毛泽东思想。在武功县武馆，邓天苟经常循着门人练武的霹雳星火出神，那些变化于身体关节的流光飞影拨动着他的心弦，使他极目眩晕跃跃欲试。一次在他又埋头帮忙搬动关刀武器时，师傅倪茂得拦住了他。眼眸相对的瞬间过后，倪茂得决定收下这个来路不明的徒弟。

邓天苟相信，他与师父是心有灵犀。

拜师十分简单，邓天苟向师父坦白了自己解放军战士的身份。没有拜师费，没有报酬，倪茂得却将全套武功拳术和狮舞动作悉数授予了他。节衣缩食换些茶酒，在习艺间隙上门陪师父慢慢斟酌，是邓天苟唯一的感谢方式。身子敦实，且擅长乐器，这样的天赋异禀，使邓天苟成为师父眼中的好苗子。好苗子的含义是，在岁月年轮中可以长出茁壮的树干根系，手艺人的相承，需要的便是青出于蓝而胜于蓝的花叶婆娑。

1966 年，邓天苟从部队复员回到河源家乡，先后在当地公安、农口战线工作。大半生的光阴恍若一瞬，退休后许多人事已轻如云烟，唯有狮舞的鼓点从千里之外翻卷而来，敲打入梦。他开始有意无意地在人前露两手，顺着身体的印记翻转腾挪，一场狮舞仍停留在青春盛年的英姿勃发里。邓天苟最先在邻镇古竹收了一帮徒弟，带出了首个狮舞班。不吝赐教的理由是，两相意投。不知不觉中，邓天苟做了师父倪茂得的翻版。

之前同在村文艺宣传队的伙伴，在历经和邓天苟差不多的人生履历后，又都回到了村庄。几乎是心照不宣，大家重新捡起生疏的乐器，一起吹拉弹唱。此时，伴随城市进程和乡村振兴的东风，联新村已发生翻天覆地的变化，处于江东新区高铁新城的核心，拐出村庄数百米便是熙来攘往的城市主干道。远处，东江如练，环绕着脚手架下每天都在生长的新楼。在宽敞的文化活动室演奏乐器时，邓天苟想排一台属于村庄的狮舞心愿，也成为联新村全村人的渴望。大多数年轻人外出务工，人手不够的解决办法，是将隔壁桂林村的狮舞班拉入麾下，师父都叫邓天苟，且都是邓氏宗亲。两村联袂，于是便有了邓氏文化狮舞班的横空出世。

扎马步，习拳术，鼓八音……从最基础的狮舞程式入手，邓天苟开始了他人生中的第三次授徒。狮舞队员中的年轻人已越来越少，偶尔在红艳的狮阵中抬头，远眺村外，城市已越来越近。

联新村狮队，后排左六拿红柬者为邓天苟

队员们习狮舞的身影有云电与雷光，犹若 50 多年前武馆门人的翩鸿再现。师父倪茂得早已作古，邓天苟却常在教学之中想起过去的时光。复员回家向师父告别时，他从师父手中接过一个绸布锦囊，里头是一张纸笺，蝇头小楷的清逸线条在半张纸上流淌，像师父手脚腾空的功夫影子：上善若水，至刚易折。不得恃武逞强，不得恃艺逞能，不得失礼伤人……

邓天苟保持着一个军人的笔直站姿捧过锦囊，却在心里完成一记对师父的深深鞠躬。按照嘱咐，他回到河源家乡后才将锦囊开启。自此锦囊之字，伴随着他开山搭桥一路向前。那一次告别，是邓天苟和师父的最后一次见面。蓦然回首，他才知，自己学着师父的一招一式、一言一语输灌给新人，不过是源于对师父的想念。

如今，在喜庆节日出场的邓氏狮舞，成为联新村的文艺品牌。循着狮舞的鼓点，在日新月异中的人们，依旧能找到熟悉而笃定的音符。如同其他传统手艺一样，千百年来它们滋养着华夏大地的谷雨春风、耕稼陶渔，沉淀出沉甸甸的民族记忆。有了它们，村庄便有了悠远的来路，有了诗礼继世的根。

关帝庙：千山万水忠义长

临江镇上有两座东江古渡，一座叫横水渡，一座叫港务所码头。在东江大桥未建之前，横水渡是临江镇与对岸船运往来的上落点，而港务所码头扮演的角色也同样重要，明清以来，一直是东江水运的中转站点之一。两个码头人群熙攘，一座庙宇就坐落其间，降伏江水的浪涛，也降伏嘈嚣的人心，这样恰当的安排，人们猜也能猜得到它的名字。与江口渡头有关，与富达三江有关，对，它就是关帝庙！

在民间，关公被崇为"武圣"。他一生策马横刀，驰骋疆场，辅佐刘备完成鼎立三分的大业。后来，人们把他视为忠义的化身和武财神。在陌生的江埠往来，求财亦不能失义，关帝庙抚慰了从码头上岸的士农商贾的风尘，使他们在清香袅袅中落定心力，又继续奔赴车驰马骤的千山万水。

临江关帝庙建于何时已无从考究，但从庙宇梁柱记载的清嘉庆八年（1803）重修的文字可以推断，它至少已存在了 200 多年。黑面虬髯的关帝神像以及庙门侧的白马雕像，是庙宇最为显著的特征。白马安辔，鬃毛柔顺，神态祥和，像是战场厮杀过后的漫步。2011 年，在临江镇一帮热心人士的倡建下，已经坍塌的关帝庙得以重建，它仍沿袭清代的建筑样式，一进深院，石柱框架，宇内对联亦是久远年代的遗留，其中一副是：师卧龙友子龙龙师龙友，兄玄德弟翼德德兄德弟。对联采用叠字与双关，描绘了关羽与蜀汉帝国人物的亲密关系。关平、周仓两员大将就奉祀在关羽神像的两侧，他们左右护卫着关羽，延续人们对忠将义士、德兄友弟的美好追求。

临江渔业队翟南祥的家，曾经就在关帝庙前的东江上。一群来自惠州、龙川、新丰等地的渔民，逐水而居，打鱼、放排、渡人于彼岸。临江渔业队的名号保留到了现在，而数百号的渔民却早已放弃了水上的生活，上岸居住。翟南祥深刻的童年记忆，是每逢年节出江打鱼的、集市上做生意的，都会挤在关帝庙前顶礼膜拜，而孩子们则围聚在庙门口的两匹白马旁，进行骑白马过莲塘的游戏。威严关公，在庸庸碌碌的人间烟火气中，放下罡气如虹，收纳了人们的万千求乞，亦容留了孩子们的大胆张扬。在抗日战争时期，日军一枚炮弹投向关帝庙上空，惊险万分之际，炮弹偏离方向落到了江上。渔民利秀萍是位修船能手，他好奇地潜入水中将哑弹拉上岸，并将它拆得七零八碎，把火药粉分给邻居当消毒粉用。这个有惊险和冒险的故事，被临江人认为是关帝庇国护民的例证。只要去关帝庙，人们都会讲一出炮弹成哑弹的传奇。

临江关帝庙的庙会很隆重，在农历六月廿四关帝诞前两天便开始闹场。除了神像出游，还有高台大戏，汉剧、粤剧、土生土长的花朝戏轮番上演，铿铿锵锵的戏腔乐曲、莺莺燕燕的柳腰水袖，成为一片乡土最粗犷的艺术启蒙。所以，在巡游路上，人们可以看到花船舞，听到山歌调，还有无数的龙灯凤灯鱼灯在眼前跳跃旋转，如优美的精灵。

由于庙址狭窄，庙会上的伙食提供都来自临江圩镇的人们。他们自愿组成庞大的伙夫队，各负其责，蒸米饭、做九大碗……到了开席时间，他们抬着饭菜从四面八方汇集而来，犹如魔术师的指挥棒掠过，上百桌的宴席忽然出现，宴会过后，再忽然消失。

　　2011 年重修之时，人们重新雕刻了关帝庙前的白马，不过数量由两匹变为一匹，瓷马也变成了石马。人们纪念横刀立马的关公，也让他的坐骑安得其所，深入人心的关帝庙，也被叫作白马关帝庙。

临江关帝庙

铁栅屋：花枝铁栅封往事

凌国扬的老家是一座偌大的方围，穿过两扇斗门和开阔的地坪，才能折进围屋的中心——祠堂屋。因大门和围墙都设有花枝铁栅，围屋又被叫作铁栅屋。

铁栅屋由凌氏落居临江镇光凹村的三世祖凌朝锦所建，年代约在清道光年间。对比起高祖父宗裔公建起的凌氏祖屋，无论是规模还是装饰，铁栅屋都更胜一筹。围屋有明显的防盗设计，除了铁栅的关拦，还有高高耸立的3座炮楼，以高墙厚壁和射击窗孔护卫着房屋的安全。

和其他客家围屋一样，铁栅屋也注重天人合一的风水格局。镶嵌中厅天井中央的"天心石"犹如房子的脐眼，寓意储金蓄银。大门门墙和斗门门墙采用拱弯处理，以顺应围屋的方正之势和吉利坐向。为削弱"白虎"之势，大门右边并没有建炮楼，留下"四角楼只有三个角"的奇观。铁栅屋处处匠心，体现着屋主人希望子孙后代吉昌、安居乐业的美好愿望。

凌朝锦以躬耕和小商品买卖起家，传到凌国扬的爷爷手里，铁栅屋的家业不仅有可观的田产，还在河源城拥有一家经营烟酒的"义德祥"商铺。20世纪40年代，为了谋求更大的发展，凌国扬的爷爷如同祖先从北到南的迁徙那样，义无反顾地跨越深圳河前往香港，将后半生的未知都留给了身后的妻儿。在失去主心骨的窘迫里，凌国扬的奶奶英年早逝，去世前，她将8岁的儿子过继给了邻乡的一户人家。新中国成立后，空荡荡的铁栅屋被村集体管理使用。

铁栅屋

铁栅屋三进两厅二围，厅廊相连，门槛重重，加上角楼，共有40多间房。20世纪60年代，铁栅屋除了容纳光凹村20多户100多村民的衣食烟火外，还办起光凹大队部、光凹供销社、光凹小学。上学的孩子就在天心石上雀跃玩闹，而手摇电话的铃声总会从角楼黑黢的窗孔传出。人们办公、教孩子读书、做一日三餐，在一座老围里相互拥挤，亦在物质贫瘠中相互温暖。

那个被过继到邻乡的 8 岁孩子，没有参与铁栅屋的热闹，他在养父母的家中安静地长大。改革开放后，他代替父亲接受了被村庄交还的铁栅屋。此时，孩子已经长大成人娶妻生子。那个孩子，就是凌国扬的父亲。

远走香港的爷爷一直是个谜，凌国扬无法触及。直到 20 世纪 80 年代末，凌国扬才联系上在香港的爷爷。父亲不认字，两地的飞鸿传书均由凌国扬代笔。回家乡，成为爷爷强烈的执念和全部的书信内容。为迎接爷爷回家，铁栅屋曾被凌国扬和父亲上上下下地打扫，那些宫灯瓜柱、狮子驼墩、凤鸟梁雕，在岁月侵蚀中渐失光华，但仍旧映照着亲人长长的来路与去向，一脉熟悉的气息连通相隔的两地，犹若老少团圆。许是天意弄人，1990 年，就在约定启程日子的前几天，凌国扬的爷爷溘然长逝，撒手人寰。

铁栅屋角楼

以为长空万里来日方长，在书信来往的时光里，凌国扬并没有去询问爷爷大半生的生活，他和家人以为，只要老人回来，在一饮一啄一颦一笑里，都可以轻易地找到答案。凌国扬最终以一盒骨灰的方式接回了爷爷。黑色的匣子装下了爷爷一生的往事，也闭合了他与人世的所有秘密。自此之后，铁栅屋再也没有飞往香港的书信，也彻底失去与香港亲人的关联。

2000 年左右，凌国扬一家搬进了新盖的洋楼，铁栅屋从此荒寂了下来。无名的花草爬上围屋的巷道，日影斑驳，门院深长，恰如铁栅屋历经的风风雨雨。不过，围屋一些未被蚀害的土夯墙垣，仍闪耀着温润的珍珠光泽，那是石灰水糅合纸浆油才有的历久弥新的状态。如同所有的老围屋一样，铁栅屋保留下的传统建筑特色与工艺，亦是今人遥望车马慢的一道光。

凌国扬想把铁栅屋修缮了，因为这里是他爷爷一生都想回来的老家，是祖祖辈辈的记忆。

凌氏祖屋："灯晚"如花花千树

一盏花灯，翼翼飞鸾，火艳朱红，它年复一年升起于栋梁之间，犹若翩鸿来去，成为客家人庆贺子嗣繁衍的隆重仪式。临江镇光凹村凌屋的"灯晚"传统，至今已有200多年，和忠信花灯有着异曲同工之妙。

凌氏祖屋是一座二进式方围，简朴宁静，中间的天井映照着四季蔚蓝的碧空。几经修缮，普通的砖瓦结构替代了之前的繁丽样式，没了穿斗抬梁，亦没了雕龙画凤，难觅宫殿恢宏、石笔高矗的赫赫巍巍，闾巷草野，反倒多了份亲和。

清乾隆年间，凌氏一支从梅州落居临江镇光凹村，发展至今有1200多人，占全村人口的三分之一。凌氏祖屋由落居祖宗裔公始建，以祠堂为中心，左右两边陆续建起四重方围，直至新中国成立后，外围还在加建新房。时光漫长地拉过了300多年，不同的建筑材质携带着不同的风格，在一座房屋垒叠成时间的风景。屋墙多为土墙夯至一米高度，再由泥砖砌筑。风雨在砖身冲刷出凹瘪的蚀痕，无字天书就在削薄的泥墙上书写，每一堵墙都有自己的来路与变迁。重重巷道和门廓连接着重重的围屋，踏过祖屋的残垣断壁，仍有穿越迷宫的眩晕。20世纪80年代，有50多户人家共同居住在凌氏祖屋，今天，他们的新房就远远近近地建在祖屋旁边更开阔的地方。

每年农历正月十六，是凌氏祖屋最热闹的日子。上一年诞生了男丁的人家，簇拥至祖屋。晨曦明亮，花灯朱红，人们在灯肚系上一条条的灯带，如同为花灯系上了流苏。花灯由诞生男丁的人家合买，灯带则由青红麻线织成，一条灯带代表一个新生儿。条条灯带飘飞，便为花灯装上了流云飞星的脚步。它带着人们庆贺新生的欢喜，款款走入祖屋的厅堂，点亮一个平凡的早晨。

花灯最为艳丽的时刻是"灯晚"。"晚"指的不是"夜晚"，而是时间开始的早晚。在下午3点举行，又因上花灯而起，人们用客家话为它取了个动听的名字——"灯晚"。它比午饭迟一点，比晚饭早一点，是一场因花灯而起的宴会活动……哪要那么冗长艰涩的解释，凌屋人轻轻吐出"灯晚"两个字，就概括了一切。

红糖油豆腐、南丝是"灯晚"酒席必不可少的两样菜。豆腐寓意富贵，而千丝万缕的南丝则代表子孙如瓜瓞绵绵。灯晚的热闹会持续至深夜。当夜幕拉开，天空的烟花和祖堂的花灯明明暗暗，如星如雨，一起点缀着春风沉醉的夜晚。一场"灯晚"，是凌屋人开启新年脚步的序幕，是为梦想征程埋下的伏笔。到了来年春天，又会有一场新的"灯晚"等待他们，继续开启火树银花的日子轮回。

桂林村：飞鹅孵"三羌"

为寻找合适的安居之所，不停地行走迁徙，是客家人的显著标记。跨越千年的足迹，犹若一道起伏的弧线，每个落脚地，都是无法令人忽略的点。300 多年前，一个叫邓大韶和一个叫邓宗玺的叔侄的迁徙之旅，从临江镇联新村起步，终结于临江镇桂林村。两点之间，一个叫羌岭的荒芜之地，开始了它开拓与发展的历史。因一座宾公家塾的存在，叔侄俩的落脚点也成为临江镇美丽的文化支点。

拥有九厅十八井的宾公家塾是典型的"上九下九"客家围屋，三进式，左右两横围，无论面阔还是进深，都足够人们纵横捭阖。20 世纪 60 年代，宾公家塾住下了桂林村整个中羌生产队 26 户 160 个人。人们同在一个大门进出，共一方天井的晨光云霞。一群群孩子在天井与庑廊里玩闹，夏天的夜晚就睡在厅堂上，铺沥着进口水泥的地板清凉如水，他们盖着月光的流影游向梦乡。

宾公家塾由邓宗玺的重孙邓文宾所建，花岗岩石柱，檐板、屏门饰金箔浮雕，工匠艺人的精工细作贯穿整座屋子漫长的建造时光，直至新中国成立初期，宾公家塾后面的两座炮楼还没有完工。屋主人邓文宾并非文化人，却将围屋取名为"宾公家塾"，表达着向诗礼之家靠拢的希冀。邓文宾在临江圩拥有半条街的商铺，算是富甲一方。宾公去世后，家财渐被儿辈散光。到了后来，宾公家塾的子弟已和其他农民没有云泥之别。唯每年春节，刷洗一新的围屋仍旧有一种灿烂辉煌，那是金箔散发出的光芒。

宾公家塾梁雕

当初落居桂林村时，邓大韶和邓宗玺建设的围屋中心——祠堂并不华丽，却有着一个动听的名字"观音厅"，叔侄俩相信菩萨的救度能超越今与古、先与后的距离，进而使万物相安，岁月静好。祖祠的座势被称为"飞鹅孵卵"。巧妙的是，真有两颗圆碌石形似鹅卵镶嵌在祠堂的天井和后山墙脚，如同人设。由祖祠所在的"羌岭"发轫，开枝散叶的邓氏后人分别创造了上羌、中羌、下羌 3 个小村落，"三羌"至今仍是桂林村村民小组的地域单元。

因精美的建筑特色，宾公家塾于 2011 年被列为河源市重点文物保护单位。今天，它所在的"三羌"，在乡村振兴的东风中，正抒写着美丽乡村建设的新篇章。

古竹镇

古竹码头：东江开埠传奇

苔青色的台阶绕着 200 年的古树，拾级而下，便是东江。芒种初立，夏雨新晴，饱满的江水流漾，将整个古竹拥入怀抱。正是这个摇篮，孕育了古竹"商贸之埠、工业重镇"的繁华。

东江水路，曾是广东东部地区沟通南北的要道。从珠江三角洲起步，逆东江水路可抵达赣南。海洋气息沿江北上，与沿岸山风碰撞杂糅，由此开启了一条地区交流发展的通途。

古竹镇是这条通途上的中间节点，与惠州市博罗县隔江相望，也是紫金县秋香江汇入东江的水口。千百年来，"两江汇流，三县通衢"的地理位置，使古竹犹如河源东部伸出的一只葱灵之手，拂过大江大河，一片山高路远之地便有了山区"十三行"的传奇。

在古竹老街，唐正兴卖香花宝烛的商铺并不起眼，不过上溯三代的祖业，却显得与众不同。他的祖父从广州南海逆江而来，以娴熟的制牛皮技艺谋生。众多同乡逐江来去，唯有祖父把生意留在了古竹，成为古竹制牛皮技艺的鼻祖。经商之余，唐正兴的祖父管理着一座叫广义会馆的古祠，每年端午，描金绘彩的龙舟会从古祠抬出。在舟舸竞流、人头攒动的风景里，祖父指挥着龙舟的旗筛，脸上闪现出一位异乡人融入东江水土的自豪和熨帖。

广义会馆临东江而建，从古竹码头上岸，往来的坐贾行商便能看到一座威严的庙祠。里头祀奉的武帝关爷以义薄云天的形象，切合人们求利须以义先的追求。生意尚未展开，先到会馆拜过关爷，安顿旅途风尘，也就成了古竹码头最有仪式感的一幕。会馆名广义，取"人和而福赐，义和而利普"之义。除了祭祀关公，广义会馆也承担着联乡谊、崇信义、秉公平的功能。区别于以商人域籍为界限的会馆，广义会馆面向的是每一位登陆古竹码头的人，一方僻壤之地，以四海皆兄弟的大气包容，显现出它作为江埠最贴切的气质：兼收并蓄，义达三江。

广义会馆最初建于何年，已无从考究。前些年被毁后，它只存在于唐正兴和古竹街坊的记忆中。两块分别立于雍正五年（1727）和嘉庆二十年（1815）的会馆重修碑记，静静地安放在古竹镇文化站，以翔实的捐资明细，诉说着古竹码头的繁华过往。

古竹镇数百年不息的商埠传奇，以"九街十八巷"演绎得最为生动。出生于20世纪70年代的容榕，名字里便包含了古竹码头那棵老榕的形象。200多年前容氏一支落居古竹后，一直以经商为业。去相邻的食品厂打酱油，去隔壁的雪糕厂吃雪糕，是容榕最深刻的儿时记忆。家里是店铺，上下左右仍是店铺。排排阵阵的店铺，以行业的集聚与互补，形成奇特而响亮的空间阵地，它们沿码头江岸铺开，直白地叫做三角街、钥匙街、猪仔巷、陈屋巷……一眼望去，琳琅满目，挤挤挨挨，热热闹闹。

20世纪60年代至80年代，古竹沿江码头每月的货物吞吐量在8000吨左右。许兆忠清晰地记得这个数字，是因为他在古竹港务所工作了大半辈子。单位隶属于广东省航运厅惠阳港务局，担任过会计和出纳的他，对古竹航运数据烂熟于心。南北货物的中转，以及由中转便利催生的工业，使古竹作为东江重镇的风头一时无两。街上的犄角之地共挤下了 21 家企业，除占据古竹镇工业半壁江山的氮肥厂、电化厂、造纸厂之外，还有酿酒厂、豆腐坊、腐竹铺、榨糖寮……一位来自东莞石龙的酱油师傅，借助古竹糖厂原料的近水楼台，把制造出的清甜酱油又卖回到家乡东莞。五湖四海的匠人以艺聚首，为"古竹制造"开路搭桥。这样的例子，在古竹街仰俯皆是。纳入"古竹制造"名下的，还有紫金县丰富的木材、松香等山货土产。

古竹码头航拍图

镇上的企业有些拥有自己的货运码头，加上物资中转站、煤炭中转站、石油中转站，整个古竹东江水岸集合了近 10 个货运码头。发达的航运连通了河源东部的经济脉带，弹丸之地的古竹，贡献着作为脉带中心的强大商品集散功能。

水上客运同样繁忙，"东风 5""红旗 10"的航船分别从河源、龙川始发。从古竹码头上船，可以去往惠州或者更遥远的广州。改革开放之初，人们就是这么顺着东江水路，赶"下海"之潮。今天，大批河源外出乡贤，仍清晰地记得那条有清浅水湾和曲折石阶的来路。1979年，许兆忠和同事用砂浆新修了码头的台阶，它的模样一直保留到了现在，这就是人们心中的古竹码头。它其实只是一个客运码头，但人们却愿意将所有以古竹为起点的航运出发地都浓缩给了它。它是一个名字，更是由时代更迭人事过往堆积的历史坐标。只要有了它，人们就不会忘记古竹。

20世纪80年代中期，伴随陆路交通的快速发展，东江航运开始衰落。1992年，许兆忠所在的古竹港务局解散，以水为路的时代终结了。1995年，一座飞虹横架古竹镇与对面的博罗县，人们只要几分钟便轻松完成对东江的跨越。也就在那些年，古竹整街搬迁至更开阔的地带，"九街十八巷"成为了冷寂的老街。

今天，凭借百业基础和商贸古埠的优势，古竹镇成功入选第一批中国特色小镇，是河源致力建设的两个"城市副中心"之一。伴随东江航道复航升级和古竹码头复建，未来，现代仓储物流、高新产业和文旅业将引领古竹长袖善舞，抒写更美好的未来。

北帝庙会：走过 700 年的民间祀典

　　河源最大的生日宴会在古竹，古竹最大的生日宴会在北帝庙。每年农历三月初三北帝诞，流水席开 300 多桌的祀典，吸引着数以千计的市民参加。一项民俗活动在一个小小的乡镇长盛不衰，甚为少见。

　　古竹镇上联村道英公祠，为纪念落居该村的黎氏先祖所建。客家宗祠大多镌刻着姓氏家族迁徙落居、繁衍生息的时光密码，道英公祠亦是上联村漫长而生动的村史。迁来 700 多年之后，黎道英的后代便是今天上联村全村 491 户 2484 名村民。

　　每年，北帝诞庙会最大的供堂就设在上联村。它与北帝庙的距离约 2 公里，这 2 公里的路程，就是北帝出巡的行进路线。

　　北帝，又称玄天北帝，为道教北极四圣之一，主管水厄与人间祸福。古竹北帝庙坐落在古竹老街，面东江而立。沿江上下途经古竹，人们目光最先所及便是北帝庙。南宋末年，古竹黎氏先祖黎承公领着家人从韶关珠玑巷逃难而来，上岸停留在一处叫龙王阁的滩涂。和黎氏一起在荒烟野草中歇脚的，还有一起逃难而来的邹氏和谭氏。江边滩涂潮湿燠热又常积雨成涝，各路人家不得不告别龙王阁，去往古竹别地寻找新的开拓之所，唯黎氏执拗地留守了下来。在儿子道英迁到上联村开枝散叶后，黎承公在三姓人家最先的落脚地龙王阁，建起了一座供奉北帝的庙宇。祠为私，庙为公，黎氏化屋庐庇大众的大义之举，使古竹多了个托举人心的精神庙堂。在时光流传中，北帝信仰如火树银花，照亮了一片客家家园。

一年当中的北帝诞、关公诞、观音诞 3 个诞辰祀典，以及每年一次的北帝出巡、3 年一次的关帝同銮出巡、10 年一次的祈福打醮，是北帝庙会的全部内容。因为照管有常运转有序，热热闹闹的庙会一举行，便洋洋洒洒延续了 700 多年。

比三月初三北帝诞辰提早一天的北帝出巡，是古竹北帝庙会最隆盛的一场。身着玄色宽袍、长发修髯的北帝，被人们从庙堂高座中抬出，在锣鼓锵锵爆竹震天的喧动中，逶迤走向人间。人们认为，北帝纡尊降贵巡查人间，是降妖除魔、扶正压邪。在人们把心间的祈求交与北帝的同时，八抬大轿之上的北帝，也将诸恶莫做众善奉行的信仰播撒给了人们。年复一年，北帝依时巡游，涤荡着邪恶与疾苦，一片山河与村庄便有了善与美、清与净。

长长的北帝巡游队伍，除了锣鼓仪仗，还有狮舞、龙舞、花船舞、春牛舞、纸马舞……队伍旌旗卷舒，龙腾狮跃，吹吹打打，一路簇拥着北帝大驾前行。

为准备盛大的供堂，上联村在北帝出巡的前两天就全村出动，制作供品食物。3 张八仙桌往天空垒砌而上，并在最上面的高台摆放花、香、果、烛、茶和米粄塔。米粄塔是各类客家米粄的叠加，杂糅了艾叶汁、眉豆、红米等植物豆蔬的米粄，色彩缤纷，形态饱满，以贴近天心的高度，表达着村民深沉的恭敬。高台之下，平排的八仙桌阵仍有琳琅的供品堆积如山。四季流转，大地结出的仓廪丰饶，此时统统倾巢而出，袅袅香气包围了整个村庄。

自建成之日起，古竹北帝庙的规模一直保持着原有的制式。数番重修，皆以宋末元初的墙基、柱礎为基础，唯一的变化是之前的一进式封闭院落改为现在的开放式。前庭石柱上的对联仍是 700 年前的内容，而梁脊上空，仍有鲤鱼飞升、凤鸟歌唱。

集神祇崇拜、民间艺术、饮食风俗大成的古竹北帝庙会，在时光的长河中一路走来，光彩夺目，为人们保留下连接古今的隐秘通道，成为河源宝贵的非物质文化遗产。都市人步履匆匆，一场热热闹闹的北帝庙会却总会一年一度牵扯着人们放慢车马，恭敬万物，去聆听来自心灵深处的声音。

潮沙狮舞：威风凛凛闯东江

一人执狮头，一人执狮尾，两人配合进退，一头醒狮便威威走向人间。出洞、下山、过桥……它憨朴勇武，是节日里吉祥的图腾。

古竹镇潮沙村狮舞至今已有 300 多年的历史。刚劲有力的表演，依然闪耀着传奇的江湖色彩……狮身跳跃，霹雳列缺之间，擎起少年壮志。没错，潮沙狮舞，正是来自黄飞鸿的故乡，脱胎于赫赫有名的中国南狮。

康熙年间，潮沙村一位叫许曰道的少年，帮父亲看管蔗园。潮沙地处东江冲积平原，许曰道的祖先从福建漳州一路走来，迁徙的脚步就停留在这片丰饶之地。作为东江水路进入河源的南大门，往来潮沙村的人员繁杂。许曰道经常在蔗园上演捉贼大戏，偷盗缺少坦荡的底气，即便是一个少年，仍可成为一片蔗园的王，让来者秋毫无犯，直到许曰道遇到了另外一个少年。在蔗林重重复重重的迷宫里，许曰道拿出看家本领，仍旧无法追逐一个如风的身影。在抵挡许曰道毫无章法的追打之时，少年熟练地完成一根甘蔗从采摘到送进舌尖的过程。身手敏捷、拳路诡异，少年如惊鸿一瞥落在远远观看这场打斗的许曰道父亲的眼里。没有理会儿子的气急败坏，没有兴师问罪，许曰道父亲拉过少年的手，幼小手掌粗糙的茧痕传递过来，在半是心疼半是怜惜中，许曰道的父亲将少年牵回了家。

四处流浪乞食的少年来自佛山南海，讲一口流利的白话，习一手流云飞星的南狮技艺。他成了许曰道父亲的另外一个儿子——许曰道的兄长。兄长做得最多的一件事，就是教许曰道习南狮。

功成身退，兄长离开潮沙村继续他的江湖，南狮手艺却在潮沙村传开。当年牧管蔗园的少年许曰道，理所当然成了潮沙狮舞的祖师爷。

习南狮，先得习南拳武功。狮舞、拳术两相配合唇齿相依，才能舞出一头狮子的精气神，脚下生风，山呼水啸。

今年60多岁的许克忠是潮沙狮舞的"师傅头"，祖辈担任的也都是"师傅头"角色。从18岁开始，许克忠就跟着父亲学习舞狮技艺。从最简单的扎马步开始，再徒手打拳，再舞刀、棍、叉、戟、矛、盾。每种拳术都有不同的套路，许克忠把它们叫做穿心、御风、倒东、倒西……武者临风而立，脚步行云流水左右蹁跹，制敌于无形之中。潮沙狮舞拳术，同样也包含了一半清醒一半醉的黄飞鸿醉拳影子。

拳术队、舞狮队、鼓锣队，3个队伍13个队员，是潮沙狮舞的全部阵仗，细究起来，恰是武术、舞蹈、音乐艺术的集合。用麒麟步、跳步、盘步模拟狮子的行进，再以锣、鼓、镲敲出的急速快慢对应狮子行进的动作，一头醒狮便被赋予了灵魂腾跃出世。金猴戏狮，是潮沙狮舞的精华段落。头戴大面佛面具的队员手执大葵扇引狮登场，调皮的金猴不断挑战着狮子的权威，由此上演一场令人捧腹的猴狮趣斗。灿烂的绒毛、五彩的被面，队员的舞狮动作填充进生冷的物理空间，便有了威风凛凛的狮须、圆滚滚的狮肚，它喜、怒、嗔、痴，集人们万千宠爱，演绎出万物共生的理想之境和艺术之美。

潮沙狮舞最辉煌的年代是在 20 世纪 90 年代，每逢节庆日，除了被迎请至周边乡镇之外，也远上福建漳州祖地，以狮舞为桥联谊宗亲。许克忠的父亲，还有一位叫许新来的狮舞武术师傅，则经常外出参加武术比赛。在一次远上海南的比赛中，许新来还斩获二等奖。

今天，3000 多人口的潮沙村拥有 4 支狮舞队，上到平头甲子，下至舞勺之年，人人皆习得一手舞狮技艺。

习武防身，习艺养心。300 多年前，在许曰道的父亲牵过流浪少年的那刻，仰慕艺术与善良的种子便在潮沙村的山水中种下。言传身教代代相传，潮沙狮舞就这么扎根于东江乡土，一直不曾失去热闹。

陈家祠：心系家国的红色宗祠

　　120 多年前，古竹圩人潮如鲫。这里历来是商贸重地，它地接博罗、河源、紫金三县，又是东江水路重要的中转站。不过，从周边县乡赴古竹圩仍有诸多不便，一群生意人几经权衡，决定花钱在古竹圩建个歇脚之地。他们的心思得到了三县人民的热烈响应，因为都姓陈，这个歇脚之地就被叫作陈家祠。除了歇脚，也用来祀祖先，联乡谊。

　　陈氏商人不会想到，120 多年后，他们建起的宗祠会变成全民的宗祠，给予它礼敬的人数，远远超过了陈氏子弟。

　　每天，陈杏荣和另外两位老人都会准时到陈家祠"上班"。上一炷香，打扫卫生，为游客介绍祠堂历史……自 1998 年起，3 位老人义务守祠的时间已超过 20 年。

　　东江水路的联结，使偏居粤东北一隅的古竹镇得风气开化之先，新民主主义革命风云，更是缔造了古竹英勇奋斗不怕牺牲的革命传统。早在 1927 年，敢为人先的古竹农军和紫金县各路农军一起，攻下紫金县城，建立了全国最早一批的红色革命政权，这就是著名的紫金"四二六"暴动，它比"南昌起义"还要早 3 个多月。面对拥有良好群众革命基础的古竹大地，陈家祠注定不会是一座平凡的宗祠。

1937 年抗日战争全面爆发后，古竹群众自发组建了一支 480 多人的抗日自卫队。次年 12 月，在广东青年抗日先锋队东江区队长谭家驹的组织下，广东青年抗日先锋队紫金支队成立，队部就设在陈家祠。

1939 年，由海外华侨组成的东江华侨回乡服务团开进古竹，组建紫金团，团部仍设在陈家祠。

1940 年，由中共东江地区革命组织——东江特委、后东特委领导开展的抗日救亡运动，仍是以陈家祠为大本营。

为生意人提供歇脚的设计，使陈家祠拥有良好的食宿条件，加上交通发达，便于隐蔽，一座看似普通的客家祠堂，从此在抗日战争与解放战争中，战歌嘹亮，赤炮轰鸣，洗礼着火光与血光，也见证着革命者的前仆后继、星火不息。

抗日战争时期，在中共东江特委的领导下，古竹自卫队、抗先队、服务团先后募集了大量的物资支援前线，并利用办夜校和戏剧巡演的形式进行抗日救亡宣传。这其中，还涌现了由进步妇女组成的"东江十姐妹"救亡团，她们利用自身优势组织妇女学习文化，宣传救国思想。"人不离枪，枪不离乡，保卫祖国，保卫家乡"，同仇敌忾的抗日救亡运动升华了古竹人民追求民族独立的直节劲气。1945 年 6 月，一股北上日军从河源掉头撤退，沿江而下途经古竹时，遭到古竹军民的猛烈痛击。在后东特委领导梁威林、郑群的指挥下，300 多人的主力部队和群众队伍与日军展开殊死搏斗，击毙日军 6 名。激烈的战火，也让 2 名古竹群众壮烈牺牲。

而另一方面，在抗击外侮寻求救国救民的道路中，一大批进步的农民、商人、知识分子得到了成长，加入了党组织。他们被派往当地中小学和警察所等部门，织成一张细密的地下工作网。至 1948 年，古竹共建立了 8 个党支部，有党员 81 名、队伍 600 多人。在 1946 年东江纵队北撤山东之后，深埋古竹的地下之网，成为我党在东江地区的一支重要武装力量，为解放古竹和紫金立下赫赫功勋。

一拨拨出入陈家祠的革命者形色各异，却有着共同的称谓：陈氏子弟。借拜祖、经商、联谊名号的掩护，他们在这里开会、研究、部署、发动；他们将十万火急的情报藏埋于祖宗牌位之下，躲避搜查，秘密传送。指挥的中枢、化险为夷的金钟罩、爱国志士的集结地……任何一个称呼赠送给陈家祠都不为过。

1949 年春节，古竹宣告解放。10 月，新中国成立。人们没有忘记追随革命者足迹走过血雨腥风的陈家祠，它先后被列为紫金县文物保护单位、紫金县爱国主义教育基地、河源市文物保护单位、河源市爱国主义教育基地。曾经在东江大地戎马杀敌的老革命老领导梁威林、郑群等人都专门为它题过词。

陈家祠

今天的陈家祠，开设有红色革命历史展馆，陈列了大量东江人民抗日斗争和解放战争的图片和实物。一座宗祠，以舍私为公、心系家国的情怀，最终升格为全民礼敬的精神殿堂而载入东江史册。

越王山：一眼千年

　　如果用巍峨的尺度来衡量一座山峰，那么海拔只有314米的越王山则显得不像是一座山。远远看去，它敦实、浑圆，低伏于一片沃野田畴之中，像是村庄开出的一朵石屏花。唯有亲近了它，才会发现它的容颜清秀与风骨峭峻。正是这种迥然不群，拉开了它与一座普通山峰的距离，名列广东七大石山之一。

　　葱郁的林木从山脚延绵至山巅，为越王山铺陈出灿烂的底色。即使浓得化不开，绿色仍无法喧宾夺主，是因为强大的褐红才是这里的主角。亿万年前的造山运动，使海洋褪去，留下一片碎屑沉积岩，在流水、风化等外力雕刻之下，混沌的岩体崩裂成奇峰异石。而由岩层铁元素氧化而来的褐色岩衣，又使奇峰异石披上了浪漫的红霞。丹霞地貌，是大自然鬼斧神工在越王山留下的杰作。对比起韶关丹霞山和龙川霍山，只有13座山头组合的越王山，在体量上并不占优势，不过正因为量小，造物主似乎在制造每一座石峰都经过仔细考量，绝不滥竽充数，泯然于众，于是每一座都以惊艳的姿态出场，带给人们为之一震的视觉冲击。

面壁岩，犹如一座磨盘。风拦腰切割出的上下磨盘分界，成为攀爬面壁岩的曲折山道。头上巨石压顶，脚下万丈深渊，悬空行走的逼仄惊险，与御风博览拥抱长空的高蹈交织一起，脚步便有了忧喜一瞬的颤巍起伏。面壁岩石肌细腻，平展如镜，在一片垂直的绛红天幕中，"求祈壁"三个大字迤迤挺立。千仞石壁，恰如坚实的胸膛，又恰如冷酷的闭合之门。"不撞南墙不回头""面壁思过"，这些由墙壁延伸而来的词语，指向着反躬自省的古老智慧。唯有自省才能振作，唯有振作才有云淡天高。一道石墙轻轻横亘，却道出千百年来人们心中沉重的叩问。那个在石壁上写下了"求祈壁"三个字的人，仰望着一扇天门，一定是心有千结，又一定会莞尔一笑吧。

越王山另一处神秀造化，叫三圣岩。孔子、老子、释迦牟尼像在岩壁上立体呈现，栩栩如生。三位如星子煜亮划过人类思想苍穹的人，恰好是儒、道、释三家的渊流巨擘，他们或肉髻高隆，或衣袂飘飘，或神思深邃，在一片山河中定格，进行着穿越古今的对话。如果说云是天空的纹彩，龙鳞是江河的流波，那么，形象的三圣一定就是古竹大地毓秀钟灵的显现了。毋庸置疑，直到今天，三圣教化仍是这里的人们行事为人的圭臬。山水无言，而光明自现。三圣岩下，该有多少光明的故事呢？令人惋惜的是，风刀雨箭的侵蚀，除了释迦牟尼像清晰可见，其他二圣已是迹象斑驳，天光云影。

奇石、茂林、幽谷、壑泉……石峰岩貌与林草植被共同组成了越王山丰富多彩的生态。在仰观巨岩磐石雄奇险峻的同时，亦可以徜徉翠谷幽荫，聆听花开的声音和山泉的律动。在一座石峰的岩崖，一个叫妙珠的师太就在里头修行，一个人与一座山朝朝夕夕。清晨，是最早拨开山雾的人。傍晚，则是漫山红霞暮鸟投林的宿主。她在山上扫落叶、种菜、种花，清而静，静而定，与青山相对无言，追求着物我两忘的心灵彼岸。师太在 10 多年前出家，在山上一个月的花费也就一二百元。因为求得少、放得多，所以一人独处山林亦无所畏惧。我们不知师太从何而来，又将往何而去。越王山的清天虚地是她的丛林兰若，那么，这里的风一定知道，云也一定知道。

越王山

越王山上，还有朵朵簇簇的藤蔓相依缠绕，组成千丝万缕的藤阵，它被譬喻成世间爱情的亲密无间。众多游客在"千丝万缕"面前定格誓言，于是每株藤蔓都挂满了祈福的红绸，藤枝伸展交错，做了人间的月老，把痴情男女初心如初见的愿望归拢于树梢，合天老，与水长。而在许多岩缝，还竖有一排排的"连理枝"，人们随手所折的柔枝细小，却以顶天立地之姿撑擎巨石。即使力量微小，也要为对方撑起人生的重负。你侬我侬之后，爱情的归宿是同枝连理风雨同舟。"连理枝"的无声告示，石崖兰若的飘逸绝尘，世俗与清雅就在一座山上两两相安。连通了世间地气与精神天空的越王山，于每一个游人来说，都是那片适合自己的风景。

越王山地处古竹镇留洞村，方圆 8 公里内，还错落着雅色、双坑、孔埔等村庄。一望无际的房舍农田包围着山，像是山长在了村庄上。明代中期，赖氏一支从梅州迁来，最先落居越王山下的留洞村。后倚大山，面朝东江，赖氏在留洞开拓出了生生不息的家园。在匪寇横行的清末，村民倚越王山一夫当关万夫莫开之险，在山上筑寨御敌，以落居祖的名号取名"光宿公寨"，至今仍遗有寨门和寨墙。而山巅旷达数十亩的山坪，则是村民耕山种茶之所。有丹霞绚彩之姿，且联结着人们的一日三餐，越王山当然不会籍籍无名。它最早出现在明代的《永安县志》，里头记述为"粤王山"，因有绿林占山欲称粤王而得名。后来"粤王山"渐渐被人们叫成了"越王山"。越王是指南越王赵佗，这一叫，给予了越王山长长的想象空间和战马嘶鸣的帝王之风。想象并非没有道理，建立南越国之前，秦将赵佗以龙川令据守龙川6年，在秦末大乱之时，南海郡尉任嚣召他到广州商议天下事，赵佗的舟楫从龙川顺东江而下，在船上远眺抑或下船攀览越王山亦有可能。因为船上的人是岭南文明发祥的始祖，那么他远眺一眼也算是传奇。民间的约定俗成是如此可爱，令人难以指摘，那么就顺着众人的心意，把越王山叫成响亮的王者之山吧。反正，它曾属古龙川管辖，也曾是南越王赵佗的开发之地。

经过10多年的发展建设，今天，越王山已是河源著名的旅游景区。除主打奇特的丹霞地貌之外，景区也在建设以秦汉风为主题的大型文旅项目。借助河惠莞高速的开通和乡村振兴的东风，把龙川佗城和景区连成一线。游客在佗城探古思幽的同时，也可以在越王山体验秦风汉韵，来一场穿越两千年的相约。

古竹荔枝：漫山红荔醉乡愁

　　"日啖荔枝三百颗，不辞长作岭南人"，苏东坡被贬惠州时写下脍炙人口的诗句，使岭南佳果荔枝在"一骑红尘妃子笑"的驿马烟尘中，多了个温暖质朴的形象。在当年瘴疠横行的岭南，一种绯红的果实，以团团簇簇的圆满和冰肌玉质的清白，抚慰了一个异乡人的张皇失落。代表着南方风物的荔枝，从此在诗人的笔下走出，绰约千年。

　　除了人们熟悉的从化、东莞等荔枝产地，很多人并不知道古竹也产荔枝，上溯其种植历史，竟也有两三百年。被东江环抱的古竹和邻镇临江、埔前一衣带水，这片江畔之地就是荔枝在河源的唯一籍贯。对温度的极其挑剔，使荔枝只在赤道两边的南亚热带生长，但地域的局限未必是坏事，它在炎炎夏日昙花一现，却如惊鸿一瞥，留给人们甜蜜的记忆。

　　古竹镇新围村竹节坑，四面山丘环绕，犹如一口铁镬。黎贵强就在铁镬上种了 60 亩荔枝树。盛夏，一树玛瑙挂满枝头，古竹最为色彩喷薄的摘果季节便到了。果壳红艳带着凹凸糙点的荔枝，将惊艳的画风洇染了连绵的山林果场，于是，整个乡镇便红霞漫涌，沸沸汤汤。20 世纪 90 年代，古竹大面积推广种植荔枝，形成长约 30 公里的荔枝带。"'桂味'卖 150 元 1 斤"，古竹荔枝的高光时刻仍让黎贵强记忆犹新。遗憾的是，农业的高风险和市场竞争的残酷，曾一度让古竹荔枝无人问津。村民纷纷放弃对荔林的管理，转向其他经济领域。古竹传统荔枝业的焕新，是在最近几年。在政府的引导和农业部门的帮助下，人们将"桂味""淮枝"等老树嫁接上"井岗红糯"等新品种，并引种"妃子笑"等新种，以提升荔枝品质。除外，还通过延伸产业链的方式，使荔枝种植有了更加多元的走向。2018 年，新围村种植合作社首次将荔枝制作成干果，8000 吨产品被抢购一空。由老到新的蜕变，使古竹荔枝接续上数百年的生长根脉，重新回到人们的衣食烟火中。

黎贵强是新围村一直坚守荔枝种植的村民之一，30 多年与荔枝相伴的生涯，使他成了土专家。他以农人的辛劳看管出了一片欣欣向荣的荔林。新种的 40 棵"妃子笑"先赶了个头早，然后，"桂味""糯米糍"次第成熟上市。古竹街，还有河源各地，便飘绕起属于仲夏独有的荔枝香气。

一树花开，蜂舞翩跹。荔花和蜜蜂是一对好朋友，好朋友相互依偎，古竹最美的春天盛景便隆重登场了。蜂农从附近的义容镇赶着一箱箱的蜜蜂过来，在荔林下安家。细碎缤纷的荔花，是铺在林间的云朵，蜂农和蜜蜂就在云朵里穿梭和睡觉。两个月的花期，可以采酿出数千吨的荔枝蜜，那是大地的赠予，也是万物生长的华美汤汁。

在古竹，仍有大片的荔枝林被疏于管理。高枝不合适嫁接，人们便任由它们长成山高水低的模样，虬枝苍劲，连天接日。上联村黎氏宗祠后山便有这样一片古荔林。新中国成立前，古荔林属黎氏村民共有，卖得的荔枝收入，用于黎氏子弟读书之用。荔枝本一佳果，一方水土的公序民俗，却使它有了更深奥的意义表达。

伴随脱贫攻坚和乡村振兴国家战略的实施，今天，富裕起来的古竹人已无须在一棵果树上寄托全部的生计。浓荫蔽日的荔枝林，更像是古竹珍贵的风景之林。巨大的时代变迁都浓缩在荔树的年轮里，那漫山遍野的荔红，是甜蜜之果，更是人们可以触摸的美丽乡愁。

隆益饼糕：百年匠心最香洁

杨华生做篓花，需要 3 个月的时间。

篓花是古竹的传统饼食，圆条状，金橙色，松软甜糯，散发浓郁的稻香。在这场考验体力与耐力、掌握无数瞬息万变的劳动里，做饼师傅的手艺历经食料配比、火候控制、时光雕刻等重重篦洗，如沙里淘金，一目了然。

杨华生从父亲手里接过隆益饼号时，它已走过了 120 年。"姓李卖豆腐，姓杨做饼糕"，在河源江东新区古竹镇，这句人人皆知的谚语没能在时光里湮没，靠的就是杨华生祖辈 3 个月做一个饼的狠劲。

白露过后，天气渐寒。古竹镇蓼坑村村民收割上来的糯稻，会迎来一位固定的收购商人。糯稻被村民称为"大糯"，又因谷尖处有一黑点而被叫作"乌壳糯"。乌壳糯颗粒饱满，弹牙绵软，只在蓼坑村的山壑沟谷中生长。隆益饼号创始人慧眼识珠，以每年早春预付订金的诚意，拥有了饼食制作的珍贵原料。用乌壳糯制作的这种饼食，因饼芯膨化如层层花蕊，装在竹篓"满篓似花"而被人们称为"篓花"。

采购回来的乌壳糯，用砻去壳取米，再磨成糯米粉。从粉到饼的转变过程，需要客家地区常见的块茎植物"狗爪芋"的参与。将狗爪芋放入瓦钵内缸加水划搓成浆，再揉进蒸熟的糯米粉团中搅拌。狗爪芋蕴含的黏液蛋白会增加粉团的弹滑，而它的多种生物活性成分，则使糯米粉颗粒在挤压下呈多面的孔状。食材之间的神奇转化，为篓花提供自然造化的美学效果。把搅拌好的粉团擀成小块长形薄片后，要进行长达一个月的时光旅行。一块块粉片摊晾在阴凉处，水分在空气、光影的接触下缓慢蒸发。时光带来了粉片凝沉、胶着、中庸的性格，微微透明的薄片，有了拉抻力刚好的柔软身骨。入罐封藏，是对粉片的再一次筋骨磨炼，在又是长达一个月的时光静置里，每一块粉片失去了棱角，变成水分均匀、质感统一的淀粉分子，保证了每一块篓花都能绽放出花蕊之美。

粉片的烹炸需要两个油锅，40℃左右的低温负责粉片的成熟，高温负责上色。在柴火的烹调中，粉片在热油中膨化，形状变圆，而伴随粉片胚心晶体的熔融，均匀细密的小孔如花蕊绽开。外表再裹上糖浆白芝麻，便呈现出了篓花的真容：里料层层飞花，柔糯如春风十里。浴重重淬炼而生，篓花做到了名副其实，无愧于自己的名字。

对物性、温度、天气的严格筛选，对食材之间物理变化瞬间的细微把握，对时光尘封的温柔等待……隆益饼号将艰辛的做饼过程，上升为一场美学创作。在将食物自身蕴含之美发挥到极致之时，也让世人看到了手艺人不计得失、物我两忘的匠心品质。

20 世纪 90 年代，蓼坑村村民不再种植乌壳糯，杨华生拒绝用其他糯米替代乌壳糯，篓花从此成为他做饼成花的绝响。麻蛋仔、酥角、牛耳朵、光饼、咸切酥、油麻、花豆等 10 多种糕饼，则仍承祖艺制作，面市出售。麻蛋仔因饼块颗粒形似麻雀蛋而得名，由糯米粉、植物油、白糖等简单几味食材做成，外酥里嫩，绵软清香。采用传统的纸质包装，洁净的白纸裹着方正的饼，纸上红色商印如水墨画里的一缕勾提，素雅、安静，恰如曾经人们不多索取的欲望，温饱便好，得体便好。对世间万物友好的古老智慧，仍在一张环保的纸上，细水长流。

隆益饼号以口碑相传，杨华生一年能卖 10 万斤糕饼。3 年前，其女儿杨玲从他手中接下饼业，成为饼号的第五代传人。小巧玲珑的女子，穿梭在五谷蔬食的清香里，续写着代代相承的做饼之道。

忙碌之余，杨玲习茶艺、弹古筝。祖辈用木饼模刻饼花，挑担穿村过堡卖饼的模样在眼前如流瀑。云是山的知音，鱼是水的知音，隆益饼号采五谷做饼，是山川大地的知音。她在琴声里，感知了祖辈朴素的物质观与匠心，也感知了什么是此物香洁，世所稀有。

后　记

　　"贫穷不是社会主义"，是我儿时记忆里最深刻的一幅标语。斑驳的墙壁，石灰浆粉成的大字，单一而灰冷的色调，和眼里看到周围景象一样。年幼的我，并不理解标语的内容。直到伴随改革开放一路成长，见证家乡农村的变化，尤其是进入新时代以来，在国家实施的脱贫攻坚与乡村振兴战略中，一个个乡村华丽嬗变就发生在自己的眼皮底下、工作镜头里。那种欣喜若狂，发自内心的感慨与骄傲，是一个没有在农村生活过的人没法体会的。那幅蛰伏于记忆深处的标语终于解冻，经岁月发酵，生成一个公民对党和国家的深刻热爱。贫穷不是社会主义，要消除贫困，改善民生，实现共同富裕。是的，数代共产党人的努力，都抱着一样的宗旨，为了一样的目标。在中国共产党成立 100 周年前夕，现行标准下近 1 亿农村贫困人口脱贫，实现从贫困落后到全面小康的历史跨越。第一个百年目标圆梦，书写的是新中国彪炳人类史册的解决绝对贫困问题的伟大奇迹，赓续的是中国共产党永不褪色的信仰。

　　江东新区是河源市一个崭新的城市功能区，短短数年，她白手起家，却具备了极其可塑的种种可能。新区的定位是河源三大城市功能平台之一、河源城市未来发展核心。拥有发展优势的同时，江东新区还拥有转圜阔绰的地理空间。当初成立时，划给江东新区的除了源城区源南镇胜利村、和平村与河紫路社区（3个村居）外，还有河源市紫金县临江、古竹两个镇。260平方公里的农村土地，30个行政村，有交错阡陌、沃野田畴、竹林深篁，但也有不为人知的一面。城中村现象突出，众多村庄虽然毗邻城区，却基础设施、卫生环境、教育医疗等条件落后。在城市建设一日千里之时，这些村庄仍囿于发展困局当中。而那些由疾病、残疾等原因造成的贫困个体，更是历经无法与外人道的人生艰难。4个省定贫困村、622户1504人贫困户，这组数据，是江东新区高质量发展绕不开的现实。

2016年新一轮脱贫攻坚战打响后，对口帮扶河源的深圳市以及河源当地共派驻了60余名扶贫干部，帮助江东新区农村摆脱贫困。由于从事电视编导工作，经常下乡采访，让我对脱贫攻坚有浮光掠影的印象。扶贫干部和"新农"群体在扶贫以及乡村振兴路上历经的艰苦奋斗、农村大地华丽转身的探索与创造……这些由鲜活人事构成的农村建设风云史，是一个作者可以触摸的有温度的时代脉搏，是可以照见农村变革走向的时空长卷，也是众多党员干部信仰光芒的影像。从2020年春末开始，在江东新区管委会的大力支持下，在新区实施乡村振兴战略工作领导小组办公室、新区扶贫开发领导小组办公室的策划指导和精心安排下，我跟踪走访了江东新区众多村庄，见证了新区脱贫攻坚和乡村振兴的壮阔场景、喜人变化、奋斗成就。发生在"三农"工作一线的开发创造，犹如战鼓雷鸣、繁花绽放，令人心潮起伏。

为了给广大农村提供产业"造血"支撑，江东新区根据自身实际，选择发展环保、附加值高的中药材种植业，规划建设中药材种植示范基地。在需要"看天吃饭"的农业产业耕耘中，江东新区走了一条非比寻常的路，举全区之力，为脆弱的农民个体提供强有力的保障。正是有了这个强大的后盾支撑，2020年率先在全区9个村连片推广种植以金丝皇菊、药用玫瑰为主的药材后，种植基地克服了新冠肺炎疫情和洪灾的影响，于当年就获得了良好的效益。2021年，江东新区中药材基地种植面积扩大了一倍，通过规模种植，一条集中药材种植加工、集散交易、旅游观光等综合产业链条正逐步形成，由它编织的锦绣画卷，正成为新区产业振兴的蓬勃力量。

你们怎么吃住？在一年多的采访过程中，是我面对驻村扶贫干部时问得最多的一句话。于扶贫干部而言，这几乎是可以忽略不计的问题，驻村扶贫工作，需要精准识别，制定帮扶规划，实施包括交通、教育、安全住房、饮水、产业等方面的帮扶措施，时间之紧迫任务之繁重，前所未有。他们没有时间去考虑生活适不适应的问题，或者说在沉重的任务压力下，个体的苦乐感受微如草芥。他们住在乡村，一日三餐就在当地政府饭堂或镇上的快餐店解决。一心扑在扶贫工作任务上，口中的食物加入思考的焦灼，味同嚼蜡。许多干部在驻村一年半载缓过神来后，才发现饭菜是有香味的。

将青春和学识奉献给农村大地，情怀不足以解释每位扶贫干部的艰苦付出。信仰，才是契入他们身心最磅礴的力量。驻村第一书记、扶贫工作队长、党建指导员，都是信仰坚定的共产党员。把党的政策落实好，把党对人民的关心带到每个贫困人口的心坎上，是派驻单位对他们的要求，也是他们的初心。在强大的理想信念面前，他们全力以赴，不计荣辱，树立起了共产党员平凡而伟大的形象。

镇村干部、致富带头人、乡土专家等"新农人"，是实现农村现代化的中坚力量。翻开众多村支书的履历会发现，他们曾经是商人、军人、高管。较为开阔的视野和干事能力，使他们在乡亲们的投票中，被动或主动地推举到了村干部的位置。带着自家的车与钱上班、无偿流转土地给村集体、隐瞒病情奋战在一线……他们默默奉献，如秋水长天，无声而动人。如果不懂他们的信念追求，你会很难理解这些"领一个月的工资，有时连油费都不够"的村干部的坚持和坚守。

贫困户家庭是脱贫工作的直接对象，他们人生境况不一，而对美好生活的向往却是一样的。在空前力度的帮扶和自身努力之下，他们摆脱了贫困，有了全新的生活面貌。面对采访，每个贫困户都表达着深深的感恩，眼里噙含着晶莹。唯有自身历经往昔艰难的人才懂得，无语凝噎，是因为身后大爱无言。

"脱贫攻坚，集中了全党的智慧和人民群众的实践，探索了乡村治理的成功方式和有效途径，彰显了中国共产党领导和中国特色社会主义制度的显著优势，增强了全党全国各族人民的凝聚力和向心力。"一如2021年第4期《求是》杂志刊出的《人类减贫史上的伟大奇迹》一文所写，一年多来的采访感受让我深深地明白，这些话不是深奥的理论，而是对奋斗现场的鲜活概括。伟大的人民和伟大的信仰，是实现农村现代化，实现中华民族复兴中国梦的坚如磐石的力量。

2020年年底，我结束了对临江镇胜利村的采访。胜利村第一书记兼扶贫工作队队长古津铭被我"跟"了两天，直到第二天夜晚，他才在一团浓黑的夜色中得以脱离。已临近2021年元旦，4个来自深圳的驻村第一书记兼扶贫工作队队长相约小聚。本想一起加入他们的行列，再挖些"猛料"，但话到嘴边最终咽下。平常工作忙碌，他们难得"把酒话桑麻"，我不想因自己的工作再打搅了他们的时光。几乎每个深圳驻村干部都遭遇过这样的情形：家人来看望，在孤单地完成"河源一日游"后，又孤单地返回深圳，因为他们实在抽不出空来陪伴家人。

包括他们自己，数年扶贫工作下来都无法领略河源风光，驻扎的村庄就成了他们眼里最美的河源风景。他们总把自己帮扶的村庄称为"我的村庄"，对这片土地的深情，令人升起温暖，又深感汗颜。

本书采写的联络沟通、材料收集工作，由新区实施乡村振兴战略工作领导小组办公室的黄李敏负责，一年多来，这位"90后"女孩带着我行走新区的各个村庄，默默帮忙，从不言累。正是有了新区和各个部门的大力支持与帮助，才使此书的采访撰写十分顺利。

内容真实严谨，是纪实写作的基本要求。为了让读者更全面地了解江东新区的全貌，本书在第三章节专门记叙了新区的人文历史。全书内容章节所涉及的数据和人物事件，均请主人公或相关人员进行了核实。由于时间仓促、水平有限，错漏难免，也恳请读者见谅！

作为一名基层写作者，能脚踩泥土，去触摸家乡山河的皱褶、筋络和根脉，是幸福的。每一位奋斗在路上的人，都是幸福的。